Tucholsky Wagner Zola Scott Sydow Freud Schlegel
Turgenev Wallace Fonatne
Twain Walther von der Vogelweide Fouqué Friedrich II. von Preußen
Weber Freiligrath Frey
Fechner Fichte Weiße Rose von Fallersleben Kant Ernst Frommel
Richthofen
Engels Fielding Hölderlin Tacitus Dumas
Fehrs Faber Flaubert Eichendorff
Eliasberg Zweig Ebner Eschenbach
Feuerbach Maximilian I. von Habsburg Fock Eliot Vergil
Ewald
Goethe Elisabeth von Österreich London
Mendelssohn Balzac Shakespeare Dostojewski Ganghofer
Lichtenberg Rathenau Doyle Gjellerup
Trackl Stevenson Tolstoi Hambruch
Mommsen Thoma Lenz Hanrieder Droste-Hülshoff
Dach Verne von Arnim Hägele Hauff Humboldt
Karrillon Reuter Rousseau Hagen Hauptmann Gautier
Garschin
Damaschke Defoe Hebbel Baudelaire
Descartes
Hegel Kussmaul Herder
Wolfram von Eschenbach Dickens Schopenhauer Rilke George
Bronner Darwin Melville Grimm Jerome
Campe Horváth Aristoteles Bebel Proust
Bismarck Vigny Barlach Voltaire Federer Herodot
Gengenbach Heine
Storm Casanova Tersteegen Gilm Grillparzer Georgy
Chamberlain Lessing Langbein Gryphius
Brentano Claudius Schiller Lafontaine Kralik Iffland Sokrates
Strachwitz Schilling
Katharina II. von Rußland Bellamy
Gerstäcker Raabe Gibbon Tschechow
Löns Hesse Hoffmann Gogol Wilde Gleim Vulpius
Luther Heym Hofmannsthal Klee Hölty Morgenstern
Roth Heyse Klopstock Kleist Goedicke
Luxemburg Puschkin Homer Mörike Musil
La Roche Horaz
Machiavelli Kierkegaard Kraft Kraus
Navarra Aurel Musset
Lamprecht Kind Kirchhoff Hugo Moltke
Nestroy Marie de France
Laotse Ipsen Liebknecht
Nietzsche Nansen Ringelnatz
Marx Lassalle Gorki Klett Leibniz
von Ossietzky May vom Stein Lawrence Irving
Petalozzi Platon Knigge
Sachs Pückler Michelangelo Kock Kafka
Poe Liebermann Korolenko
de Sade Praetorius Mistral Zetkin

Der Verlag tredition aus Hamburg veröffentlicht in der Reihe **TREDITION CLASSICS** Werke aus mehr als zwei Jahrtausenden. Diese waren zu einem Großteil vergriffen oder nur noch antiquarisch erhältlich.

Symbolfigur für **TREDITION CLASSICS** ist Johannes Gutenberg (1400 — 1468), der Erfinder des Buchdrucks mit Metalllettern und der Druckerpresse.

Mit der Buchreihe **TREDITION CLASSICS** verfolgt tredition das Ziel, tausende Klassiker der Weltliteratur verschiedener Sprachen wieder als gedruckte Bücher aufzulegen – und das weltweit!

Die Buchreihe dient zur Bewahrung der Literatur und Förderung der Kultur. Sie trägt so dazu bei, dass viele tausend Werke nicht in Vergessenheit geraten.

Die Faust

Sven Elvestad

Impressum

Autor: Sven Elvestad
Übersetzung: Rhea Sternberg
Umschlagkonzept: toepferschumann, Berlin

Verlag: tredition GmbH, Hamburg
ISBN: 978-3-8495-2980-2
Printed in Germany

Rechtlicher Hinweis:
Alle Werke sind nach unserem besten Wissen gemeinfrei und unterliegen damit nicht mehr dem Urheberrecht.

Ziel der TREDITION CLASSICS ist es, tausende deutsch- und fremdsprachige Klassiker wieder in Buchform verfügbar zu machen. Die Werke wurden eingescannt und digitalisiert. Dadurch können etwaige Fehler nicht komplett ausgeschlossen werden. Unsere Kooperationspartner und wir von tredition versuchen, die Werke bestmöglich zu bearbeiten. Sollten Sie trotzdem einen Fehler finden, bitten wir diesen zu entschuldigen. Die Rechtschreibung der Originalausgabe wurde unverändert übernommen. Daher können sich hinsichtlich der Schreibweise Widersprüche zu der heutigen Rechtschreibung ergeben.

Text der Originalausgabe

Sven Elvestad

Die Faust

Detektivroman

Die Faust

Detektivroman

von

Sven Elvestad

Berechtigte Übersetzung aus dem Norwegischen
von
Rhea Sternberg

Kurt Ehrlich-Verlag
BERLIN SW 61, BLÜCHERSTRASSE 12

I.

Am 25. Februar 1899, um sieben Uhr morgens, fand man in der Christian Kroghsgate einen bewußtlosen Mann. Eine zur Ablösung anrückende Patrouille von Schutzleuten bemerkte ihn. Einer von ihnen ging zu dem nächsten Telephon und läutete bei der Kriminalpolizei an. Und in dem Augenblick, da der Bewußtlose in einen Wagen gelegt wurde, um nach dem Landeskrankenhause gebracht zu werden, war bereits ein Kriminalbeamter zur Stelle.

Dieser erkannte sofort, daß hier ein Verbrechen vorlag. Der Verletzte hatte eine große Wunde an der linken Seite des Kopfes, unmittelbar über dem Ohr. Es war ein Mann mittleren Alters, offenbar ein Bauer.

Der Beamte fuhr mit nach dem Krankenhause, wo der Gefundene rasch verbunden wurde. Der Arzt stellte fest, daß seine Verwundung nicht lebensgefährlich sei. Aber nur durch ein Wunder sei er dem Tode entronnen. Die Wunde sei durch ein stumpfes Instrument verursacht, durch einen Knüppel oder eine Eisenstange, und die Waffe sei mit außerordentlicher Kraft geführt worden.

Aus den Papieren des Überfallenen ging hervor, daß er der Sohn eines vermögenden Bauern aus der Gegend von Elverum war. Man hatte ihn seiner Uhr und aller sonstigen Wertsachen beraubt.

Als er das Bewußtsein so weit zurückerlangt hatte, daß er über seine Erlebnisse berichten konnte, erzählte er, er sei am Tage zuvor in stark berauschtem Zustand mit ein paar »Damen« und ein paar ihm unbekannten Männern zusammengeraten, die ihn weiter mit Bier und Schnaps traktiert hätten. Er erinnerte sich, daß diese Leute ihn tief in der Nacht in eine abseits gelegene Straße geführt, wo ihn plötzlich ein gewaltsamer Schlag an den Kopf getroffen hätte. Als er auf den Bummel gegangen war, hatte er 350 Kronen Papiergeld, darunter einen Hundertkronenschein in seiner Brieftasche gehabt. Bis zu dem Überfall hatte er vielleicht 25 Kronen verbraucht. Er war also um 325 Kronen und eine wertvolle goldene Uhr bestohlen worden.

Die Polizei registrierte die Sache sofort in die Rubrik der allgemeinen Überfälle. Man nahm einige Verhaftungen unter den »lockeren Vögeln« der Straße vor. Doch gelang es nicht, die Urheber zu fassen.

Am 4. März, um zwei Uhr nachts, tat zufällig wieder einer jener Schutzleute, die den verwundeten Bauernburschen aus Elverum gefunden hatten, in der Christian Kroghsgate Dienst.

Plötzlich vernahm er aus dem Dunkel der Straße einen lauten Schrei. Er eilte zu der betreffenden Stelle und stieß auf ein junges Mädchen. Sie war es, die geschrien hatte. Er fand sie in einem unverkennbaren Zustand größten Entsetzens. Sie zitterte am ganzen Körper, ihr Haar war in schlimmster Unordnung. In furchtbarer Erregung klammerte sie sich an seinen Arm und rief:

»O Gott, ich hatte eine schreckliche Erscheinung!«

Und dabei wies sie über die Straße.

»Sehen Sie, da geht er!« rief sie. »Sehen Sie, daß er einen Stock mit einer Elfenbeinkrücke hat?«

Im Licht der qualmenden Laterne bemerkte nun der Schutzmann ganz deutlich, daß eine große männliche Gestalt um die nächste Ecke verschwand. Er trug einen Rock mit langem Schoß und hielt einen Spazierstock in der Hand.

Der Schutzmann lief ihm nach, fand ihn jedoch nicht. Als er zu der Stelle zurückkam, an der er das junge Mädchen verlassen hatte, war auch dieses verschwunden.

Er fand diesen Vorfall ein wenig merkwürdig und berichtete ihn am nächsten Tage seinen Vorgesetzten. Die Polizei war zunächst nicht geneigt, sich um die Geschichte zu kümmern. Als der Chef jedoch erfuhr, daß sie sich an derselben Stelle zugetragen habe, an der vor wenigen Tagen der überfallene Bauernbursche gefunden worden war, verlangte er, daß das Mädchen herbeigeschafft werde.

Der Schutzmann war auch imstande, ein so genaues Signalement von ihr anzugeben, daß es keine Schwierigkeit machte, sie zu finden. Schon um sechs Uhr nachmittags wurde sie dem Chef in einem der Vernehmungszimmer vorgeführt.

Es war eine ganz junge Fabrikarbeiterin, die bereits einmal in eine Diebessache verwickelt gewesen war. Sie hieß Selma Strand.

Der Chef fragte sie, warum sie in der vorigen Nacht so erschrocken gewesen sei.

Das Mädchen zögerte lange mit der Antwort. Sie war offenbar sehr nervös; die Anwesenheit all der Polizisten beunruhigte sie. Und sie antwortete ausweichend.

»Ich ängstigte mich,« sagte sie, »weil im Dunkeln ein großer Mann auf mich zukam.«

»Kannten Sie diesen Mann?«

»Nein.«

»Warum ängstigten Sie sich dann? Sprach er mit Ihnen?«

»Ja – nein – er sagte nur ein paar Worte.«

»Was sagte er denn?«

»Das weiß ich nicht mehr.«

»Nannte er Sie bei Namen?«

»Ich sagte ja, daß ich ihn nicht kannte.«

»Bedrohte er Sie?«

»Nein, das tat er nicht.«

»Aber dann begreife ich nicht, warum Sie sich so ängstigten. Sie haben ja laut geschrien.«

Das Mädchen suchte nach einer Antwort und warf verlegene Blicke ringsum.

In diesem Moment öffnete sich die Tür, und ein schlanker, gut gekleideter Herr trat ein. Er nickte dem Chef zu, der wohlwollend lächelte. Die anderen Polizisten grüßten respektvoll. Der Ankömmling nahm auf dem Stuhl zunächst der Tür Platz.

Der Chef setzte das Verhör fort.

»Antworten Sie offen und ehrlich. Sie haben doch wohl nichts zu verbergen? Können Sie uns den Mann beschreiben? Wissen Sie, wie er angezogen war?«

»Ich glaube. Er trug einen schwarzen Rock. Und auf dem Kopf hatte er, wenn ich nicht irre, eine Pelzmütze.«

Der Schutzmann, der in der Nacht die Begegnung mit dem Mädchen gehabt hatte, trat nun vor und sagte:

»Ich sah ganz deutlich, daß der Mann einen breitkrempigen Hut auf dem Kopf hatte.«

»Nun, das ist wohl möglich«, warf das Mädchen rasch ein. »Es war so dunkel, daß ich es nicht so genau unterscheiden konnte.«

»Und er hielt einen Stock in der Hand?«

»Ja, ich sah deutlich, daß er einen Stock hatte.«

»Einen Stock aus Elfenbein?«

Das Mädchen wurde immer unruhiger. Es schien eine Qual für sie zu sein, die Fragen beantworten zu müssen.

»Ja, wenigstens war ein weißer Griff daran«, erwiderte sie leise.

In diesem Augenblick wandte sich der schlanke Herr, der plötzlich von dem Stuhl an der Tür aufgestanden war, an den Chef und fragte:

»Gestatten Sie, daß ich das Verhör einen Moment übernehme?«

»Bitte, Herr Krag«, lautete die Antwort.

Das junge Mädchen zuckte zusammen, als sie den Namen des berühmten Detektivs hörte.

»Ich habe nichts weiter zu sagen«, stammelte sie.

»Ich will auch nur noch ein paar Fragen stellen«, erklärte Krag. »Sie sahen deutlich, daß der Stock weiß war?«

»Ja, der Griff war weiß.«

»Aber wie kamen Sie darauf, daß es Elfenbein sei? Als Sie den Schutzmann sahen, riefen Sie ja aus, der Mann habe einen Elfenbeinstock.«

»Ich glaubte es, weil er weiß war.«

Der Detektiv überlegte einen Augenblick.

»Waren Sie es auch gewesen, die geschrien hatte?« fragte er dann.
»Der Schutzmann hatte mehrere Schreie gehört.«

»Ja, ich war es gewesen. Ich ängstigte mich, als der Mann aus der Finsternis gerade auf mich zugegangen kam.«

»War der Mann gut gekleidet?«

»Ja, ziemlich gut.«

»Und Sie kannten ihn nicht?«

»Nein, ich habe ihn nie zuvor gesehen. Das kann ich beschwören.«

»Danke, das ist nicht nötig. Wo wohnen Sie?«

Das Mädchen gab eine Adresse an – offenbar erleichtert, weil das Verhör zu Ende war.

Als sie gegangen war, schickte Krag nach einem Kriminalbeamten. Er trat mit ihm an das Fenster und wies auf die Straße hinunter.

»Sehen Sie das Mädchen dort unten mit dem blauen Hutband?« fragte er ihn. Sie ist soeben hier vernommen worden.«

»Jawohl, ich sehe sie.«

»Gut. So gehen Sie ihr nach, und lassen Sie sie nicht aus dem Auge. Aber sie darf nicht merken, daß sie verfolgt wird.«

Der Beamte verschwand sofort. Und einen Augenblick später konnte man ihn die Straße hinunterschlendern sehen – auf demselben Wege, den das junge Mädchen genommen hatte.

Der Chef blieb mit Krag allein zurück.

»Was halten Sie von dem Mädchen?« fragte der erstere.

»Ich bin überzeugt, daß sie uns etwas verbirgt. Es ist ja ganz klar, daß sie den Mann mit dem Elfenbeinstock kennt.«

»Es kann doch aber nicht wohl einer ihrer Freunde gewesen sein.«

Krag zuckte die Schultern.

»Wer weiß«, sagte er. »Ich glaube, das Mädchen war ebenso überrascht wie erschrocken. Sicher ist jedenfalls, daß sie einem Manne begegnet ist, den zu sehen sie unter keinen Umständen erwartet hat.«

»Meinen Sie, daß die Sache für uns von Interesse ist?«

»Möglich«, antwortete Krag, indem er zur Tür ging. »Es verhält sich ja stets so, daß wer etwas vor der Polizei zu verbergen hat, auch etwas von ihr zu fürchten hat.«

»Aber es läßt sich doch kaum annehmen, daß die Geschichte mit dem Überfall von neulich nacht in Verbindung steht?«

»Ich weiß es nicht. Ich weiß nichts. Wir wollen nun zunächst abwarten, was für Nachrichten uns der ausgesandte Detektiv bringen wird. Hat das Mädchen uns eine falsche Adresse aufgegeben, so ist es um so schlimmer für sie. Wir wollen sie jedenfalls fortan Schritt für Schritt verfolgen, und ich werde mich wohl kaum in meiner Annahme irren, daß sie uns schließlich selbst zu dem Manne mit dem Elfenbeinstock führen wird.«

Damit ging Krag.

Am nächsten Tage legte der dem Mädchen nachgesandte Detektiv Bericht ab. Sie war direkt nach ihrer Wohnung gegangen; die Adresse stimmte mit der von ihr angegebenen überein.

Asbjörn Krag war schon im Begriff, die Angelegenheit als völlig gleichgültig aufzugeben, als etwas eintraf, was ihn veranlaßte, mit seinem ganzen Interesse und seiner ganzen Energie einzugreifen.

Am 8. März wurde ein neuer Überfall aus der Christian Kroghsgate gemeldet, genau von der gleichen Stelle, an der der Bauernbursche aus Elverum ausgeplündert worden war und das junge Madchen den Zusammenstoß mit dem geheimnisvollen Manne gehabt hatte. Dieses Mal war der Überfallene ein Matrose. Er war von zwei Männern, mit denen er Karten gespielt hatte, in der Nacht an jenen Platz gelockt worden. Sie hatten im Laufe des Abends zwar sehr viel getrunken, aber der Matrose wußte sich dennoch aller Einzelheiten des Geschehnisses zu erinnern.

In der dunkeln Straße war plötzlich ein großer, grobknochiger Mann aus einem Torweg herausgestürzt und hatte mit einem Knüppel auf ihn losgeschlagen. Der Matrose war sofort bewußtlos zusammengebrochen. Beim Erwachen hatte er dann etwas Warmes über das Gesicht rieseln gefühlt, sich an den Kopf gegriffen und die ganze Hand voller Blut gehabt. Man hatte ihm ein großes Loch geschlagen. Fast bewußtlos war er dann durch die Straßen geschwankt, bis er einen Schutzmann gefunden, der ihn in eine Sanitätswache gebracht hatte, wo er verbunden worden war.

Der Matrose gab ein genaues Signalement von den beiden Männern, die den Abend über mit ihm zusammen gewesen waren. Aber dieses paßte auf keine der zweifelhaften Existenzen, die der Polizei von ähnlichen Überfällen her bekannt waren.

Der Überfallene war an jenem Tage ausgemustert worden und hatte daher ziemlich viel Geld, etwa 400 Kronen bei sich gehabt. Diese waren fort.

Die Geschichte beunruhigte die Polizei. Sie hatte absolut keine Anhaltspunkte. Man nahm einige überstürzte Verhaftungen vor, die zu keinem Ergebnis führten. Die Zeitungen schrieben und schalten über grauenvolle Zustände in der Stadt und über die Schlappheit der Polizei.

Diese nahm schließlich eine vollständige Durchsuchung der Christian Koghsgate vor. Haussuchungen in allen Wohnungen, Verhöre aller Bewohner. Doch nicht um einen Schritt kam man der Lösung näher.

Wer waren die Verbrecher? Warum geschahen die Überfälle stets an derselben Stelle und in derselben Straße? Stand der Mann mit dem Elfenbeinstock irgendwie mit diesen Dingen in Verbindung?

Vorläufig konnte man nicht anderes tun, als die Straße und die Gegend ringsum während der Nacht mit doppelten Patrouillen besetzen.

Inzwischen arbeitete Asbjörn Krag, der sich die Sache sofort hatte übergeben lassen. Aber auch ihm gelang es nicht, die geringste Klarheit herbeizuführen.

Als er eines Vormittags in seinem Kontor saß, wurde eine Dame mittleren Alters zu ihm hereingeführt.

»Wie ich höre, sucht die Polizei einen geheimnisvollen Mann mit einem Elfenbeinstock«, sagte sie.

»Jawohl«, antwortete Krag interessiert. »Können Sie uns vielleicht etwas von ihm berichten?«

»Er muß nun wohl tot sein«, meinte die Dame. »Ich kann Ihnen eine merkwürdige Geschichte erzählen.«

II.

Asbjörn Krag betrachtete die schwarz gekleidete Dame, die an dem Tisch vor ihm saß. Sie gehörte scheinbar dem besseren Mittelstande an und machte sofort einen sehr guten Eindruck auf den Detektiv. Er hielt sie für eine pensionierte Beamtenwitwe.

»Leute meiner Art,« begann sie, »leben am liebsten möglichst still und zurückgezogen. Wenn ich mich trotzdem an die Polizei wende, begreifen Sie also, daß mir etwas ganz Seltsames begegnet sein muß. Aber ich möchte doch vor allem darum bitten, daß meine Name nicht mit der Angelegenheit in Verbindung gebracht wird.«

»Vorausgesetzt, daß die Sache uns nicht dazu zwingt«, wandte Krag ein.

»Nein,« erwiderte die Dame, »meine Rolle darin ist vollkommen bedeutungslos, sowohl für die Polizei als auch für die Sache selbst. Wie ich Ihnen bereits sagte, handelt es sich um den Mann, den die Polizei sucht, jenen Mann mit dem Elfenbeinstock. Daß er gesucht wird, ersah ich aus den polizeilichen Aufrufen.«

Krag nickte und machte sich eine Notiz auf einem Papier.

»Er ist tot?« fragte er.

»Ja, ich weiß nicht, was ich glauben soll«, lautete die Antwort der Dame. »Er ist nun seit einigen Tagen fort, und zwar verschwand er auf eine sehr merkwürdige Weise.«

»War er vielleicht Ihr Mieter?«

»Ja. Wir wohnen in der Oscarsgate. Und da unsere Wohnung für unsere bescheidenen Bedürfnisse nun zu groß geworden ist, vermieten wir ein möbliertes Zimmer. Vor einigen Monaten kam Herr Brandt – so heißt er – zu uns und fragte, ob er das Zimmer bekommen könnte. Da er sehr anständig und ordentlich aussah, hatten wir kein Bedenken, es ihm zu überlassen. Er zog sofort mit seinen Sachen ein.«

»Ehe Sie fortfahren,« unterbrach sie Krag, »müssen Sie so liebenswürdig sein, mir das Signalement des Mannes zu geben.«

»Gern. Ich nehme an, daß er etwa fünfzig Jahre alt ist, vielleicht aber auch jünger. Sein Gesicht zeigte das Gepräge von schweren Leiden und Kümmernissen. Er trägt eine schwarze Perücke, hat aber einen stark angegrauten Bart. Meist trug er einen dunkelgrauen Rock mit langen Schößen, einen breitrandigen Hut und einen Stock mit langem weißem Griff, vermutlich einem Elfenbeingriff. Ein genaueres Signalement vermag ich Ihnen nicht zu geben, da ich ihn nur selten sah.«

»Er war wohl viel aus?« fragte Krag.

»Nein, im Gegenteil. Fast den ganzen Tag hielt er sich in seinem Zimmer auf. Es war, als fürchte er das Tageslicht. Sobald es dunkel wurde, verließ er das Haus und blieb gewöhnlich ein paar Stunden, zuweilen aber auch die ganze Nacht über fort. Er empfing nie Besuch und hatte ein für alle Mal die Anweisung gegeben, ihn zu verleugnen, falls jemand nach ihm fragen sollte. Er war ein sehr stiller, bescheidener Mieter, mit dem wir sehr zufrieden waren. Sein Auftreten war das eines gebildeten Mannes, der keinerlei Ansprüche an uns stellte.«

»Nahm er auch die Mahlzeiten in seinem Zimmer ein?« fragte Krag.

»Ja, stets. Unser Mädchen brachte ihm das Mittagessen und das Abendbrot. Das letztere bestand stets nur aus Brot, Butter, kaltem Fleisch und einem Glas Milch. Nun aber komme ich zu dem Merkwürdigen, in der Geschichte des Mannes.

Vor einigen Tagen – ich weiß genau, daß es der 6. März war – klingelte Brandt, abends um 8 Uhr, von seinem Zimmer aus. Wir hatten unserm Mädchen Urlaub gegeben, und ich mußte selbst zu ihm hineingehen. Er saß an seinem Tisch und schrieb. Ich fragte ihn, was er wünsche. Er wollte, wie gewöhnlich, das Mädchen bitten, ihm Milch zu holen. Als er aber hörte, daß sie nicht da sei, erklärte er, dann wolle er sie sich selbst holen, da er ohnedies hinuntergehen und sich Briefmarken besorgen müsse. Ich erbot mich, ihm den Weg abzunehmen, das lehnte er aber in seiner Bescheidenheit ab. Ich brachte ihm also eine kleine Kanne, die er mitnahm. Die Milchhandlung ist gegenüber von unserer Wohnung. Eine halbe Stunde verging, ohne daß Brandt zurückkam, und ich begann unruhig zu werden, da ich mir sagte, daß ein erwachsener Mann wohl kaum auf den Gedanken kommen werde, mit einer Blechkanne auf den Straßen umherzugehen. Brandt aber blieb fort. Er kam an jenem Abend nicht mehr zurück. Seitdem er mit der Milchkanne wegging, habe ich ihn nicht wiedergesehen. Das finde ich sehr merkwürdig. Und ich habe das bestimmte Gefühl, daß meine Mitteilungen für die Polizei von großer Bedeutung sein werden.«

»Darin haben Sie recht,« antwortete Krag, »Ihre Mitteilungen sind von außerordentlicher. Bedeutung für uns. Nun möchte ich noch einige Fragen an Sie richten: bekam dieser Herr Brandt viele Briefe?«

»Nein, gar keine. Weder Briefe noch Telegramme erhielt er je. Es fragte auch nie ein Mensch nach ihm. Dagegen schrieb er selbst sehr viele Briefe. Er trug wohl jeden Abend mindestes drei oder vier zum Postkasten.«

»Womit beschäftigte er sich?«

»Soviel ich beobachtete, hatte er keine bestimmte Tätigkeit. Entweder schrieb er Briefe, oder er ging im Zimmer auf und ab. Wir hörten oft stundenlang seine schweren Schritte. Es war gleichsam, als warte er darauf, daß die Dunkelheit kommen solle.«

»Bezahlte er pünktlich?«

»Auf die Minute. Er hatte auch stets reichlich Geldmittel.«

»Noch etwas: hatte er an jenem Abend, an dem er verschwunden ist, seinen Elfenbeinstock mit?«

»Nein, der steht noch immer in der Ecke seines Zimmers. Er pflegte sonst nie auszugehen, ohne ihn mitzunehmen. Das ist, meine ich, um so mehr ein Beweis dafür, daß er nicht die Absicht hatte, lange fortzubleiben. Außerdem hatte er ja auch die Milch mit.«

»Die Milch? Die Milchkanne meinen Sie.«

»Ja, die Milch in der Kanne. Ich erkundigte mich bei dem Milchhändler und erfuhr dort, daß er tatsächlich einen Liter Milch geholt hat. Von da aus ist es nur wenige Schritte zu einem Kurzwarenhändler, bei dem er seine Schreibwaren und auch gleichzeitig seine Briefmarken zu kaufen pflegte. Aber da war er an jenem Abend nicht mehr. Er muß also verschwunden sein, während er, die Blechkanne in der Hand, auf dem Wege von dem Milchladen nach dem Kurzwarengeschäft war. Finden Sie das nicht seltsam?«

»Allerdings. Und Sie haben die Milchkanne nicht wieder bekommen?«

»Nein, Sie ist mit ihm verschwunden. – Glauben Sie nicht auch, daß Brandt tot ist?«

»Nein,« antwortete Krag, »aufrichtig gestanden – das glaube ich nicht. Es muß ihm etwas zugestoßen sein, als er in das Geschäft gehen und Marken holen wollte.«

»Was sollte ihm wohl zugestoßen sein? Es kann sich doch niemand an ihm vergriffen haben, da er selbst keiner Fliege etwas zuleide tat!« rief die Dame aus.

Der Detektiv lächelte.

»Das herauszufinden müssen Sie schon der Polizei überlassen«, sagte er. »Wir sind Ihnen sehr dankbar für Ihre genauen und ausführlichen Mitteilungen, die von großem Wert für uns sind. Nun müssen wir aber auch der Höhle des Verschwundenen einen Besuch abstatten. Sie haben doch nichts dagegen?«

»Nein, keineswegs. Alles ist unberührt in seinem Zimmer, von dem Stock bis auf das Papier, das er zu beschreiben pflegte.«

*

Eine Stunde später stand Krag in dem Zimmer, das Brandt auf so geheimnisvolle Weise vor wenigen Tagen verlassen hatte.

Er begann sofort eine sorgfältige Untersuchung. Auf dem Tisch fand er nur ein paar unbeschriebene Blätter und ein Paket Kuverts. Er steckte das Löschpapier, das für alle Detektive so hochwillkommene Kopierblatt, zu sich. Dann durchsuchte er die Taschen der zurückgebliebenen Kleidungsstücke des Verschwundenen. Aber was er fand, war weiter nichts als die gewöhnlichen Kleinigkeiten: ein Tabaksbeutel – gefüllt mit einem außerordentlich feinen und teuren Tabak – ein Taschenspiegel usw. Dann machte er sich an Brandts Koffer. Auch hier war nichts von Interesse. Dort in der Ecke stand der Elfenbeinstock. Es war eine ungewöhnlich schöne Arbeit. Der Stock war sehr schwer. Krag schwang ihn durch die Luft und mußte unwillkürlich denken, was für eine vorzügliche Waffe das sei

– einen besseren Knüppel konnte man sich nicht vorstellen. An dem Stock befand sich im übrigen kein Merkmal weiter als zwei auf einfache Art mit einem Messer eingeschnittene Kreuze.

Was Krag besonders irritierte, war der Umstand, daß es ihm nicht gelang, auch nur auf ein einziges beschriebenes Stückchen Papier zu stoßen. Er muß ein sehr vorsichtiger Mann gewesen sein, dieser Brandt, dachte er. Er scheint all seine Papiere stets bei sich getragen zu haben.

Aber in dem Augenblick, da er das Zimmer verlassen wollte, fiel sein Blick auf etwas Weißes, das unter einem Tischbein hervorlugte. Er beugte sich hinab und zog es vor.

Es erwies sich als eine gefaltete Visitenkarte, die zwischen Fußboden und Tisch geklemmt worden war, damit dieser feststehe. Krag entfaltete die Karte. Endlich! Die Karte war beschrieben. Mit großen, dicken Buchstaben standen da nur zwei Worte:

Die Faust.

Darunter das Zeichen: zwei Kreuze, die genau denen auf dem Elfenbeinstock eingeschnittenen glichen.

III.

Der Detektiv war strahlender Laune, weil er endlich etwas Geschriebenes in dem Zimmer des geheimnisvollen Fremden gefunden hatte. Er war fast sicher, daß Brandt diese Karte geschrieben hatte. Nur das Wort »*Die Faust*« stand darauf und dann die beiden Kreuze – von derselben Art wie die auf dem Spazierstock. Asbjörn Krag steckte die Karte in die Tasche, er wollte die genaue Untersuchung für später aufschieben.

Ehe er ging, erteilte er der Wirtin die strenge Anweisung, das Zimmer zu verschließen und unter keinen Umständen irgendeinen Unberechtigten hineinzulassen. Dann nahm er den Elfenbeinstock und verließ das Haus.

Er hatte kaum hundert Schritte durch die lebhafte Straße getan, die in der hellen Frühlingssonne strahlte, als er sich fest am Arm erfaßt fühlte. Der Detektiv wandte sich rasch um und entdeckte nun, daß es ein Schutzmann war, der ihn gepackt hatte und nun starr vor Staunen dastand. Schnell ließ er ihn los und grüßte.

»O ... Verzeihung ...« stammelte er. »Ich irrte mich. Der Stock war es, der mich veranlaßte ... Sie wissen ... unsere Order ...«

Asbjörn Krag lächelte.

»Es ist gut«, sagte er. »Ja, ich habe den Stock selbst gefunden.«

Und vergnügt ging er weiter die Straße hinunter. Die Polizei hatte all ihren Beamten den Befehl erteilt, genau acht zu geben auf einen großen Mann mit einem Elfenbeinstock. Und so hatte der hier patrouillierende Schutzmann ihn sofort festnehmen wollen, als er den Stock in seiner Hand gewahrte – daß es Asbjörn Krag selbst sein könne, hatte er nicht erwartet.

Der Detektiv blieb vor einem kleinen Laden stehen. Ja, das mußte die Milchhandlung sein. Er trat ein.

Die Madame hinter dem Ladentisch wußte sofort, worüber er Aufklärung haben wollte, als er den Namen Brandt nannte.

»Ich weiß noch alles ganz genau,« sagte sie, »es ist die merkwürdigste Geschichte, die ich je erlebt habe. Er kam ab und zu her, dieser Herr Brandt, und kaufte Milch oder Selter, wenn das Mädchen nicht zu Hause war, um ihm die Sachen zu holen. Er war immer sehr still und verschlossen. Was ich ihn auch fragte, er antwortete nie so recht. Als er das letzte Mal hier war, benahm er sich genau wie sonst immer. Er bat um ein Liter Milch, und als ich ihn beim Einmessen der Milch etwas fragte, antwortete er kaum. Er bekam seine Milch und ging still hinaus. Seitdem ist er ja verschwunden, wie man sagt. Er war ein merkwürdiger Mensch.«

Krag betrachtete die Umgebung. Er befand sich in einem gewöhnlichen kleinen Milchladen. Ein großes Fenster, in dem ein paar Teller mit Kuchen und Bonbons ausgestellt waren, ging auf die Straße hinaus. Er fragte:

»Hielt sich an jenem Abend, da er zum letztenmal bei Ihnen war, noch jemand zugleich mit ihm hier im Laden auf?«

»Nein, er war ganz allein anwesend.«

»Und es war etwa acht Uhr?

»Ja, so ungefähr. Ich erinnere mich, daß ich mich schon fertig machte, um den Laden zu verlassen. Um viertel neun pflegt mich meine Schwester abzulösen.«

»Wie ich sehe, steht unmittelbar vor Ihrem Hause eine Laterne«, sagte Krag und wies auf die Straße.

»Ja, dadurch ist unser Laden abends außerordentlich hell beleuchtet.«

»Man sieht also auch von hier drinnen im Dunkeln genau, wer draußen vorübergeht, nicht wahr?«

»Ja, das ist nicht schwer.«

»Haben Sie vielleicht beobachtet, daß Brandt draußen jemandem begegnete, als er Ihren Laden verließ?«

»Nein, darauf habe ich nicht geachtet. Aber er kam noch einmal zurück.«

»Kam zurück...?«

»Ja. Als er mit seiner Milch auf der Schwelle stand, drehte er sich plötzlich um und fragte, ob ich Briefmarken hätte. Das mußte ich verneinen, da wir nie welche verkaufen.«

»Fiel Ihnen das nicht auf? Wenn er so häufig zu Ihnen zum Einkauf kam, wußte er doch gewiß, daß Sie keine zu haben pflegen.«

»Ja, das mußte er eigentlich wissen. Und jetzt, wo Sie mich darauf aufmerksam machen, finde ich es auch merkwürdig. Er stand auch noch eine ganze Weile mitten im Laden, sah vor sich hin und murmelte wiederholt: So, Sie haben also keine Marken. Dann ging er.«

»Er sah vor sich hin, sagen Sie. Sah er nicht durch das Fenster hinaus auf die Straße?«

»Ja, ja, da haben Sie recht, seine Augen waren nach dem Fenster gerichtet.«

»Könnten Sie sich denken, daß er, als er das erste Mal aus dem Laden ging, im Licht der Straßenlaterne draußen vielleicht jemanden gesehen hatte, und rasch wieder umkehrte, um einem Menschen auszuweichen, dem er nicht begegnen wollte?«

»Ja, das klingt allerdings sehr wahrscheinlich.«

»Bemerkten Sie nicht, daß er draußen auf jemanden stieß, als er schließlich fortging?«

»Nein, darauf habe ich nicht geachtet.«

Krag verließ den kleinen Laden in tiefem Nachdenken.

In seinem Kontor angelangt, ging er die ganze Angelegenheit von Anfang bis zu Ende nochmals durch. Er war sich darüber klar, daß er vor einer rätselhaften Geschichte stand. Zunächst die beiden Raubüberfälle, die an genau der gleichen Stelle begangen worden waren. Dann der Zusammenstoß der Fabrikarbeiterin mit dem geheimnisvollen Brandt, auch an derselben Stelle. Und nun schließlich Brandts plötzliches Verschwinden.

Standen diese Geschehnisse miteinander in Verbindung? Und in diesem Falle – in welcher? War hinter dem Verschwinden Brandts ein Verbrechen zu suchen? War er getötet worden? Oder lebte er noch?

Der Detektiv mußte sich gestehen, daß er in seiner ganzen Tätigkeit selten eine so verwickelte Aufgabe zu lösen gehabt hatte.

Während er noch über die Sache sann, meldete einer der Beamten, daß soeben eine Verhaftung vorgenommen worden sei, die Interesse für ihn haben dürfte.

Krag eilte in die Wachtstube hinaus. Da stieß er auf zwei Schutzleute, deren Uniformen Spuren eines heftigen Kampfes trugen.

IV.

Auf einer Bank lag gefesselt ein zerlumpter Mann. Krag trat näher und erkannte in ihm einen der Polizei durchaus nicht fremden Strolch und Haudegen. Das Gesicht des Gefesselten war blutüberströmt und dick angeschwollen. Haßerfüllt sah er den Detektiv an; er hatte den berühmten Polizisten offenbar sofort erkannt.

»Der Bericht!« rief Krag rasch. »Den Bericht her!«

Ein Schutzmann war noch dabei, ihn niederzuschreiben. Krag ergriff das Papier und las:

*

Nach einer an den patrouillierenden Schutzmann ergangenen Mitteilung hielt sich im Keller der Christian Kroghsgate Nr... eine Person auf, die an den letzten räuberischen Überfällen in dieser Straße beteiligt gewesen war. Der Schutzmann wandte sich daher an zwei andere Polizisten, und gemeinsam durchsuchten sie das angegebene Haus. Endlich gelang es ihnen, den Keller zu finden, in dem der Strolch sich verborgen hielt. Als sie zu ihm eindrangen, sprang er mit einem Schrei auf, und im Licht einer Taschenlaterne sahen sie, daß er das Messer gezogen hatte. Es wurde ihm entwunden, und nun entspann sich ein furchtbarer Kampf, der mit der Überwindung des Mannes endete ...

Weiter war der Schutzmann in seinem Bericht noch nicht gekommen.

Krag fragte ihn, ob er den Mann kenne, der den Strolch verraten habe.

»Nein,« antwortete der Schutzmann, »ich kenne ihn nicht. Es war ein kleiner Mann mittleren Alters.«

»War er gut gekleidet?«

»Nein, er sah ziemlich mitgenommen aus.«

Krag ging zu dem Gefesselten, stellte sich vor ihn und sagte:

»Armer Kerl. Man hat dich also verraten.«

Der Verhaftete sah Krag erstaunt an und murmelte:

»Ja, man hat mich verraten. Aber ich werde mich schon rächen.«

»Da hast du recht«, fuhr Krag fort. »Selbst unter Leuten deines Schlages muß Kameradschaft herrschen.«

Der andere lächelte.

»Du bist ein merkwürdiger Kauz«, sagte er. »Ich habe viel von dir gehört.«

Krag schmeichelte ihm wieder:

»Du gefällst mir, und ich will dir einen Weg zeigen, wie du dich rächen könntest.«

»Das weiß ich allein. Du möchtest wohl seinen Namen wissen. Den kannst du gern erfahren.«

»Das ist es nicht. Wenn du mir sagen willst, wo der große fremde Mann mit dem Elfenbeinstock sich aufhält, dann bist du gerächt.«

»Hahaha!« lachte der Verhaftete. »So bist du also bereits auf der rechten Spur. Ja, sagt man doch immer, du seist ein Satanskerl.«

»Befreien Sie ihn!« ordnete der Detektiv an.

Die Schutzleute eilten herbei und öffneten die Handfesseln.

Der Mann sprang von der Bank herab.

Er wurde in ein Vernehmungszimmer geführt.

»Wie heißt der Kamerad, der dich verraten hat?« fragte Krag ihn.

»Du kennst ihn gut«, antwortete der andere und lachte tückisch. »Wenigstens kennt er dich.«

»Du willst also seinen Namen nicht nennen?«

»Ich kann ihn ja verkaufen.«

»Und was verlangst du?«

»Meine Freiheit.«

»Das hängt davon ab, ob du an den Überfällen in der Christian Kroghsgate beteiligt warst.«

»Ja, das war ich.«

»Du hast die Männer vielleicht niedergeschlagen?«

»Das tat ich nicht, das war mein Kamerad. Ich paßte nur auf, daß niemand uns überraschte.«

»So will ich dir eine milde Behandlung versprechen, wenn du mir seinen Namen nennst.«

»Wie kann ich wissen, ob du dein Wort halten wirst?«

Der Detektiv sah ihn scharf an.

»Kennst du mich?« fragte er.

»Ja. Wer von uns sollte dich nicht kennen?«

»Dann weißt du auch, daß ich stets halte, was ich verspreche.«

Der Strolch lachte.

»Du bist ein wunderlicher Kerl«, sagte er. »Du sollst den Namen erfahren. Es war ›Bolzen‹.«

Der Bolzen war einer der gefährlichsten Verbrecher Christianias und seit langem von der Polizei gesucht.

Krag klingelte und bat, den Schutzmann hereinzuschicken, an den der Verhaftete verraten worden war.

Als dieser kam, ließ Krag sich den Angeber möglichst genau von ihm beschreiben. Und nun war er seiner Sache gewiß. Es war sicher der berüchtigte »Bolzen«, der am Werk war.

Der Schutzmann ging, und Krag war wieder mit dem Verhafteten allein.

»Es ist gut«, sagte er. »Ich glaube dir. Warum hat man dich verraten?«

»Sie wollten mich los sein.«

»Sie? Es sind also mehrere?«

»Ja. Der Bolzen und dann der, den du vorhin nanntest.«

»Der Mann mit dem Elfenbeinstock?«

»Ja, so kannst du ihn nennen. Ich weiß nicht, wie er heißt.«

»Nahm er auch an den Überfällen teil?«

»Nein, dabei waren nur der Bolzen und ich. Und dann die anderen Kollegen, die die Bauern in die Straße hinunterlotsten.«

»Hast du den fremden Mann gesehen?«

»Ja, ein einziges Mal. In einem kleinen Café in Vaterland, wo wir uns zu versammeln pflegten, wenn etwas verabredet werden sollte. Ich kam da eines Abends hinein ...«

»Wie lange ist das her?« unterbrach ihn Krag.

»Vielleicht acht Tage kann es her sein.«

»Bist du sicher, daß es nicht etwas länger ist, etwa vierzehn Tage?«

»Nein, da bin ich ganz sicher.«

»Nun, so erzähle weiter. Du kamst also in das Café ...«

»Ja. Und da saß der Bolzen.«

»Hast du ihn dort zu treffen erwartet?«

»Nein, ich dachte, er hielte sich an dem Abend in einem ganz anderen Stadtteil auf. Er war auch sehr überrascht, als er mich sah.«

»War er allein?«

»Nein, er war mit ihm zusammen, dem Mann mit dem Stock.«

»So, so. Gingst du zu ihm hin?«

»Nein, der Bolzen gab mir ein Zeichen, daß ich tun sollte, als kenne ich ihn nicht. Und so setzte ich mich an einen Tisch in der Nähe.»

»Hörtest du, was sie sprachen?«

»Nein, sie flüsterten.«

»Verstandest du nicht ein einziges Wort?«

»Ja, ich verstand ein Wort, das sie immerfort wiederholten, sie sprachen gewiß von Schlägereien.«

»Was für ein Wort war das?«

»›Die Faust‹. Beide wiederholten mehrmals das Wort ›die Faust‹.«

Krags Spannung wuchs. So stieß er nun also zum zweitenmal auf dieses Wort. Noch lag die geheimnisvolle, unter dem Tischbein in Brandts Zimmer in der Oscarsgate gefundene Visitenkarte in seiner Tasche. Was hatte das Wort zu bedeuten? Dahinter mußte ein Geheimnis stecken – ein Geheimnis, das sicher direkt zu der Lösung des Rätsels führte.

»Saßen die beiden noch lange in dem Café?« fragte er.

»Eine halbe Stunde.«

»Und gingen sie dann zusammen hinaus?«

»Nein, der Fremde ging allein fort.«

»Sahst du sein Gesicht?«

»Er verbarg es in dem Rockkragen, den er aufgeschlagen hatte. Und das machte mich sofort argwöhnisch. Es gefiel mir nicht, daß der Bolzen etwas vorhatte, wobei ich nicht beteiligt war.«

»Was tat der Bolzen dann?«

»Er kam zu mir und nannte mich einen Ochsen, weil ich ihm beinahe alles verdorben hätte. ›Du darfst den Mann nicht kennen, der eben rausging‹, sagte er. ›Wenn du nicht sofort vergißt, daß du ihn gesehen hast, kriegst du's mit mir zu tun.‹ Und als nun auch ›der Tod‹ und ›der Teufel‹ kamen, ging ich. Als ich ein paar Straßen hinaufgegangen war, sah ich den Mann mit dem Stock vor mir. Er ging noch immer mit dem hochgeschlagenen Rockkragen.«

»Du gingst ihm natürlich nach?« fragte Asbjörn Krag interessiert.

»Ja. Ich verfolgte ihn durch ein paar Seitenstraßen und in ein Haus hinein. Aber im Torweg bekam ich einen Schlag über das eine Auge, daß ich umfiel. Und als ich wieder zur Besinnung kam, war der Kerl verschwunden. Doch ich bin ganz sicher, daß er es war, der mich geschlagen hatte.«

»Und dann hast du ihn nicht mehr gesehen?«

»Nein. Aber ich habe dem Bolzen mehrmals gesagt, daß ich gern wissen möchte, wer es ist. Und jedesmal ist er vor Ärger fast geplatzt. Heute abend nun hat er mich gebeten, in dem Keller in der Christian Kroghsgate auf ihn zu warten. Das tat ich auch. Aber ich hätte vorsichtiger sein sollen. Der Bolzen ist dann natürlich direkt zu einem Schutzmann hingegangen und hat mich angegeben, das Biest.«

Nachdem Krag diesen Bericht des Verhafteten entgegengenommen hatte, ließ er ihn abführen.

»Du wirst im Laufe des morgigen Tages von mir hören«, sagte er. »Vielleicht kann ich dich brauchen. Jedenfalls werde ich alles für dich tun, was ich vermag.«

So hatte Krag endlich den ersten Anhaltspunkt gefunden. Dennoch mußte er sich sagen, daß dieses unerwartete Glück ihn der Lösung des Rätsels noch nicht nähergeführt hatte. Im Gegenteil, die geheimnisvolle Geschichte erschien ihm nun noch mystischer und dunkler als zuvor. Immerhin war etwas gewonnen. Er hatte nun die Gewißheit, daß der Mann mit dem Elfenbeinstock, der seltsame Brandt, seine Finger im Spiel hatte.

Aber welches war seine Rolle in diesen Verbrechen? Was bezweckt er? Was bedeutete »die Faust«? Und dann dieser Elfenbeinstock. Offenbar besaß Brandt deren mehrere. Am zehnten März war er aus seiner Wohnung in der Oscarsgate verschwunden. Da hatte er den Stock vergessen, der sich nun in den Händen der Polizei befand. Doch einige Tage später hatte der verhaftete Strolch ihn in einer verrufenen Kneipe in Vaterland gesehen, und auch da hatte er einen solchen Stock in der Hand gehabt.

Asbjörn Krag holte den Stock hervor und untersuchte ihn sehr genau. Hatten die beiden Kreuze etwas zu bedeuten? Sie waren sicher vor längerer Zeit eingeschnitten worden, und zwar mit einem außerordentlich scharfen Instrument und von einer geübten Hand mit ein paar raschen Schnitten.

Plötzlich fiel ihm etwas ein. Er klingelte.

»Sorgen Sie dafür,« sagte er zu dem eintretenden Beamten, »daß Selma Strand zu einem zweiten Verhör hier auf der Polizei vorgeführt wird.«

Und er gab ihre Adresse an und fügte hinzu, daß man sich aber auch vor einem Irrtum hüten solle.

»Sie wissen, es handelt sich um das junge Mädchen, das in jener Nacht so erschrocken war über den Anblick des Mannes mit dem Elfenbeinstock.«

Der Beamte wußte Bescheid, denn es war derselbe, der ihr nach der Vernehmung auf der Straße gefolgt war, um sich von der Richtigkeit ihrer Wohnungsangabe zu überzeugen.

Darauf verließ auch Asbjörn Krag sein Kontor, nachdem er noch das genaue Signalement des Bolzen aufgegeben hatte. Das ging nun sofort von einem Kontor zum anderen. Und innerhalb fünf Minuten war es allen anwesenden Polizisten bekannt. Von diesem Augenblick an schauten also vierhundert Paar Augen über die ganze Stadt nach dem Verbrecher aus. Demnach dürfte einige Verschlagenheit dazu gehören, ihnen zu entschlüpfen.

Es war um die Mittagszeit, als Krag die Straße hinunterging. Mit Behagen atmete er die merkwürdige Christianiaer Luft ein, die er so liebte. In einer endlosen Reihe sah er die Gesichter der Menschen an sich vorüberziehen; viele von ihnen waren ihm bekannt. Es waren Kaufleute, Beamte, Politiker, Arbeiter, einige Damen und viele Dämchen. Zuweilen auch Physiognomien, die er von seinen polizeilichen Funktionen her kannte, das Antlitz eines Betrügers, die lauernden Augen eines Taschendiebes.

Allmählich hatte er die Oststadt erreicht. In der Christian Krohgsgate wimmelte es von schmutzigen Gassenkindern, die auf dem Fahrdamm spielten und ihm Schimpfworte nachriefen, weil er gut gekleidet war; doch er ging mitten durch den Schwarm, ohne sich um sie zu kümmern. Er fand das Haus, in dem der Strolch verhaftet worden war, untersuchte zunächst die Kellerräume und machte sich Notizen. Dann klingelte er in allen Stockwerken und stellte ein paar gleichgültige Fragen. Er entdeckte jedoch nichts Verdächtiges. Als er aber in den vierten Stock kam, fand er endlich, was er gesucht hatte. Da stand auf einem Zettel an einer der Türen: Möbliertes Zimmer zu vermieten. Krag schrieb sich den Namen auf und verließ das Haus.

Er hatte kein Hehl daraus gemacht, daß er Polizist sei. Und er überlegte. In einer Stunde wird ein ärmlich aussehender Arbeiter kommen und das möblierte Zimmer mieten. Und zwar sollte einer seiner tüchtigsten Untergebenen, ein scharfer Aufpasser, ein heller Bursche dieser Mieter sein.

So hatte die rechte Arbeit also nun begonnen, und Krag wußte bestimmt, daß sie ihn schließlich zur Lösung des Rätsels führen würde.

Er kehrte zur Polizei zurück. Auf der Treppe begegnete er einem Unterbeamten. Krag stutzte, denn es fiel ihm auf, daß der andere merklich erregt aussah.

»Was gibt's?« fragte Krag. »Ist etwas passiert?«

»Der Chef wird es Ihnen erzählen«, lautete die Antwort. »Er fragte soeben nach Ihnen. Er wollte Sie sofort sprechen. Ich bin gerade im Begriff, Sie zu suchen.«

In dem Benehmen des Mannes lag etwas, das Krag beunruhigte. Er eilte in das Kontor des Chefs. Dieser stand am Fenster und blickte hinaus. Er war sehr bleich.

»Was ist vorgefallen?« fragte Krag.

»Etwas sehr Ernstes«, antwortete der Chef. »Gut, daß Sie da sind.«

»Hat man das junge Mädchen geholt?«

»Sie meinen Selma Strand, die Fabrikarbeiterin?«

»Ja.«

»Sie ist tot.«

»Tot?«

»Man fand sie tot in ihrem Zimmer.«

Krag warf seine Handschuhe auf den Tisch.

»Hatte ich es doch im Gefühl, daß wir vor einer grausigen Tragödie stehen«, sagte er.

V.

»Mord oder Selbstmord?« fragte der Detektiv dann.

»Das weiß ich noch nicht«, antwortete der Chef. »Aber da kommt der Beamte, der bei ihr oben war. Sie können ihn selbst befragen.«

Der junge Beamte war soeben eingetreten. Er sah noch immer unruhig und nervös aus. Krag bat ihn, zu berichten, was er wisse.

»Ihrer Anordnung gemäß,« begann er, »ging ich zu ihr hinauf. Sie bewohnte hoch oben in Grünerlökken ein möbliertes Zimmer auf dem Hof im vierten Stock. Ich klingelte, und die Wirtin sagte mir, Fräulein Strand sei heute ausnahmsweise zu Hause, da sie Geburtstag habe. Und sie zeigte mir die Tür zu ihrem Zimmer. Ich klopfte, doch niemand antwortete. Ich klopfte lauter, und die Wirtin rüttelte an dem Türschloß – alles ohne Erfolg. ›Das ist doch merkwürdig‹, sagte die Wirtin. ›Sollte sie ausgegangen sein?‹ Wir guckten durch das Schlüsselloch, konnten aber nichts entdecken. Es war zu dunkel drinnen. Schließlich meinte die Wirtin, Fräulein Strand müsse fortgegangen sein, denn der Schlüssel sei nicht da. Ich wollte mich bereits entfernen, als sie mich zurückrief. Sie stand im Korridor und betrachtete ein paar Kleidungsstücke, die dort hingen.

›Hier hängen ja ihre Sachen!‹ rief sie aus. ›Sie kann doch bei dieser Kälte nicht ohne Mantel weggegangen sein.‹

›Vielleicht schläft sie fest?‹ fragte ich.

›Ja, das wäre möglich‹, antwortete die Frau.

Wir klopften und rüttelten von neuem an der Tür. Doch niemand öffnete, niemand antwortete. Da sprengte ich die Tür und trat ein.«

»Blieb die Wirtin im Korridor zurück?« fragte Krag.

»Sie stand an der Tür. Ich ging allein in das Zimmer. Dieses war von mittlerer Größe und hatte zwei Fenster. Die Rouleaus waren herabgelassen, und es war daher zunächst unmöglich, etwas zu erkennen. Ich eilte an das Fenster und zog das Rouleau auf, daß es mit einem Knall in die Höhe flog. Als ich mich dann umsah, war ich nahe daran, vor Staunen zu erstarren. In dem matten Licht, das von draußen eindrang, entdeckte ich, das eine weibliche Gestalt in dem Zimmer saß. Und da rief die Wirtin auch schon aus:

›Ach, da sitzt sie ja und schläft!‹

Das junge Mädchen saß auf einem Stuhl am Tisch, den Kopf in die Arme gelehnt. Als ich an sie herantrat, sah ich, daß sie tot war.«

»Ermordet?« fragte Krag in höchster Spannung.

»Das weiß ich nicht. Ich konnte keine Blutspur an ihren Sachen noch rings um sie entdecken. Es sah fast aus, als sei sie vom Schlage gerührt worden, wenn nicht ...«

Der Beamte unterbrach sich in seinem Bericht. Er fühlte sich offenbar ein wenig unsicher.

»Nun – bemerkten Sie also noch irgend etwas Auffälliges?« fragte der Chef.

»Ja, ich fand es auffällig, daß der Tisch so seltsam gedeckt war.«

»Inwiefern war er seltsam gedeckt?«

»Es standen Austern und Champagner darauf ...«

»Für zwei?« fragte Krag.

»Nein, er war nur für eine Person gedeckt. Aber eine ganze Flasche Champagner stand da und eine Menge Austernschalen lagen umher.«

»Offenbar hatte sie ihren Geburtstag ausgiebig feiern wollen«, meinte der Chef.

»Während ich in ihrem Zimmer stand, hatte ich einen Einfall«, murmelte der Beamte. »Es sah mir aus, als wären zwei Personen bei dem Souper gewesen. Und als wäre in aller Eile auf dem Tisch geräumt worden.«

»Hoffentlich ist in ihrem Zimmer alles unberührt geblieben?« fragte Krag.

»Vollkommen. Ich ordnete streng an, daß die Wirtin das Zimmer nicht betreten dürfe. Sie mußte sich während der ganzen Zeit auf der Schwelle halten. Die Tote sitzt noch immer auf ihrem Stuhl, die Flasche und die Gläser stehen unverrückt auf ihrem Platz, das Rouleau ist heruntergelassen und die Tür versiegelt.«

»Haben Sie nach dem Arzt geschickt?«

»Er wartet im Wagen unten.«

»Schön. Kommen Sie, wir müssen sofort hin.«

Unterwegs ließ sich Krag von dem Beamten noch einige Mitteilungen machen über das Haus und die Wirtin, deren sonstige Mieter und die übrigen Hausbewohner. Der Beamte hatte den Eindruck gewonnen, als nehme die Wirtin es nicht so genau mit den Leuten, denen sie ihre Zimmer überlasse. Das Haus war sehr groß – eine der gewöhnlichen Mietskasernen.

Als der Wagen davor hielt, bemerkte Krag, daß sich bereits eine Menge Neugieriger angesammelt hatte. Die Ankunft der Polizei erregte das lebhafteste Interesse. Krag ärgerte sich, daß die Sache schon in die Öffentlichkeit gedrungen war und fluchte im Inneren der Wirtin, die sofort die Geschichte allen Nachbarn zugetragen hatte. Natürlich hatte die Neuigkeit sich nun wie ein Lauffeuer durch das ganze Viertel verbreitet. Was gab es auch Interessanteres, als eine so sensationelle Geschichte, daß ein junges Mädchen unter merkwürdigen Umständen gestorben sei und die Polizei kommen werde!

Asbjörn Krag fand die Wirtin in Tränen aufgelöst, umgeben von einer ganzen Schar wimmernder Nachbarn. Rasch schickte er alle überflüssigen Leute fort und ließ das Haus schließen. Dann öffnete er die Tür zu dem Zimmer des jungen Mädchens und trat mit dem Arzt und dem Unterbeamten ein.

Das Zimmer lag in tiefer Dunkelheit. Aber einen Augenblick später warf Krags starke elektrische Blendlaterne ihre Lichtstrahlen ringsum.

Der Arzt stieß einen erstaunten Ruf aus. Im Schein des grellen Lichtes sah das Mädchen aus, als lebe sie noch und schlafe nur, den Kopf in die Arme geborgen.

Man brachte Lampen herbei, und Krag nahm nun eine genaue Untersuchung des Zimmers vor. Er hob den Kopf der Toten. Selbst der Detektiv, dieser Mann mit den eisernen Nerven, war betroffen über den Ausdruck von Angst und erstarrtem Schmerz, der aus ihrem Antlitz sprach. Ihre Augen waren offen.

Krag betrachtete ihre Pupillen und dachte: könnten diese Augen doch wiedergeben, was sie zuletzt sahen. Es muß ein fürchterlicher Anblick gewesen sein.

Man trug die Leiche auf das Sofa, und der Arzt machte sich daran, die Todesursache festzustellen.

Krag sah sich prüfend den Tisch an. Er hob die Champagnerflasche auf und schüttelte sie. Sie war leer. Da stand auch eine Schale mit verschiedenen Früchten, die offenbar unberührt waren. Eine Menge leere Austernschalen lagen auf dem Tisch verstreut, in einer großen Schüssel befanden sich noch ein paar Dutzend volle Austern. Der kleine Tisch war zierlich gedeckt; ein leuchtend weißes Tischtuch, eine Vase mit frischen Blumen. Nur *ein* Sektglas und *ein* Gedeck befand sich darauf.

»Wahrlich, ein glänzender Tisch für eine Fabrikarbeiterin«, murmelte Krag. »Aber sie hat vermutlich auch sehr feinen Besuch gehabt.«

»Neigen Sie auch zu der Ansicht, daß das Mädchen nicht allein war?« fragte der Unterbeamte.

»Wir werden sehen, wir werden sehen«, antwortete Krag zurückhaltend. »Es war ja allerdings ihr Geburtstag. Und schauen Sie, wie sie sich geschmückt hat. Sogar eine rote Rose hat sie im Haar.«

Der Detektiv öffnete einen kleinen Schrank, der in einer Ecke stand. Hier fand er fünf Sektgläser, die alle sauber waren. Das Glas vom Tisch dazu, und wir haben das halbe Dutzend voll, dachte er. Soweit würde die Sache also stimmen. Der Schrank war auch im übrigen gut mit Glas und Porzellan versehen. Es sah aus, als habe das junge Mädchen häufig Gäste bei sich gehabt. Krag öffnete ein darin befindliches Schubfach und zog eine Menge Papiere und Briefe heraus, die er sorgsam beiseite legte. Auf einem kleinen Toilettentisch bemerkte er Seifen, Parfüms, Schminke. Krags Staunen über die reichhaltige Ausstattung der angeblichen Fabrikarbeiterin wuchs immer mehr. In einem Kästchen entdeckte er ein goldenes Armband und ein paar Ringe. Neben dem Toilettentisch stand ein Nähtisch. Hier lag neben vielem anderen eine Bibel mit dem Namen der Toten. Ein Konfirmationsgeschenk. Krag blätterte darin, denn er wußte, daß die Leute häufig Familienpapiere und dergleichen in religiöse Bücher zu legen pflegen. Und richtig, da fand er ein zusammengefaltetes Blatt, das er rasch las. Nachdenklich blickte er dann vor sich hin und las es zum zweitenmal.

»Holen Sie die Wirtin«, sagte er plötzlich.

Im nächsten Augenblick stand sie vor ihm. Sie weinte und jammerte noch immer.

»Sie sagten doch wohl, Fräulein Strand hätte heute Geburtstag, nicht wahr?« fragte der Detektiv.

»Ja,« antwortete die Frau, »sie hat es im Laufe des Vormittags mehrmals zu mir gesagt. Deshalb war sie auch aus und machte einige Einkäufe. Ich sah dann mittags, daß sie eine große Flasche im Schrank stehen hatte. Ja, die Flasche da war es«, und sie zeigte auf die Champagnerflasche.

»Erzählte sie Ihnen nicht, daß sie Besuch erwarte?«

»Ja, das sagte sie auch, sie erwarte den Besuch eines Freundes aus ihrer Kindheit, sagte sie, und deshalb wolle sie es ein bißchen nett machen.«

»Fragten Sie sie nicht, wer dieser Besuch sei?«

»Ja, aber sie wollte es mir nicht sagen.«

»Sind Sie gewiß, daß bis jetzt niemand bei ihr war?«

»Niemand kommt hier in meine Wohnung, ohne zu klingeln«, sagte die Wirtin. »Fräulein Strand war den ganzen Tag allein, das arme Kind. Kein Mensch kam, um sie zu besuchen, nicht einmal an ihrem Geburtstag.« Und wieder wurde die Frau von ihren Gefühlen übermannt und schluchzte von neuem.

Krag wandte sich an den Unterbeamten.

»Merkwürdig,« sagte er, »daß sie heute ihren Geburtstag feierte. In der Bibel hier fand ich ihren Konfirmationsschein, und auf diesem steht, daß sie am 24. Oktober geboren sei. Wir schreiben heute jedoch den 15. März.«

Er wurde von dem Arzt unterbrochen, der zu ihnen an den Tisch trat. Er war sehr ernst und sagte nur ein Wort, das die anderen erzittern machte:

»Gift!«

VI.

»Was für ein Gift?« fragte Krag.

»Blausäure«, antwortete der Arzt ernst. »Anfangs war ich ein wenig im Zweifel über die Art des Giftes, aber nun bin ich fest davon überzeugt, daß es Blausäure war. Betrachten Sie nur das krampfverzerrte Gesicht des Mädchens. Außerdem merke ich auch noch den Mandelgeruch. Aber er ist bei weitem nicht so hervorstechend wie sonst bei Blausäurevergiftungen. Von einer Austernvergiftung kann jedenfalls nicht die Rede sein.«

Krag untersuchte eine Austernschale nach der anderen. Eine davon reichte er dem Arzt.

»Riechen Sie,« sagte er, »und Sie werden Ihre Annahme bestätigt finden.« In dieser Auster war Blausäure.«

Der Arzt hielt die Schale lange an die Nase.

»Ganz recht,« antwortete er dann, »in dieser Auster war Blausäure.«

»Ja,« sagte Krag, »aber das ist auch die einzige. Bei keiner anderen Schale finde ich den charakteristischen Geruch.«

»Sehr merkwürdig«, meinte der Arzt. »Wie kommt denn Blausäure in eine Auster? Das ist ja ganz unmöglich.«

»Nein, das ist ganz klar«, erwiderte Krag. »Die Geschichte ist sehr einfach.«

Der Arzt sah ihn verblüfft an.

»Natürlich hat irgendeiner Blausäure hineingeträufelt.«

Die Bestürzung des Arztes wuchs.

»Irgendeiner?« fragte er. »Das Mädchen hat sich doch selbst das Leben genommen.«

»Ausgeschlossen«, erklärte Krag. »Hätte sie das gewollt, so würde sie hundert bequemere und leichtere Methoden gefunden haben. Die Annahme, daß sie selbst das Gift in die Auster geträufelt haben sollte, ist ja völlig sinnlos.«

»Aber wer kann es denn getan haben?«

»Er, der andere, der Mörder«, antwortete Krag ruhig.

»Also ermordet«, murmelte der Arzt. Er war sehr bleich geworden.

Krag nickte.

»Das ist ganz sicher«, bestätigte er.

»Ich weiß aber immer noch nicht, wie es geschehen konnte«, sagte der Arzt. Das Mädchen war doch ganz allein hier bei Tisch.«

»Sie war nicht allein.«

»Wer kann denn mit ihr zusammen gewesen sein?«

»Der Mörder.«

Der Arzt sah Krag verständnislos an.

»Ich bin noch immer so klug wie zuvor«, sagte er.

Krag hatte zerstreut und abwesend gesprochen. Seine Gedanken waren offenbar stark beschäftigt, um die Sache vollkommen zu klären. Plötzlich zuckte er zusammen.

»Kommen Sie her«, sagte er zu dem Arzt. »Setzen Sie sich hierher.« Er wies dem Doktor den Stuhl an, auf dem man die Tote gefunden hatten. Er selbst setzte sich ihm gegenüber.

»Nehmen wir nun an,« sagte er, »daß Sie das Mädchen sind und ich der Mörder. Wie würde ich dann die Blausäure in eine Ihrer Austern praktizieren?«

»Ohne daß ich es bemerke?« fragte der Arzt.

»Ohne daß Sie ahnen, daß es Blausäure ist«, erwiderte Krag.

Und er ergriff eine der ausgepreßten Zitronenscheiben, die auf dem Tisch lagen.

»In dieser Zitronenscheibe,« fuhr er fort, »befindet sich Blausäure. Das riecht man. Der Mörder hat also das Gift in die Zitrone eingespritzt, ehe er heraufkam. Wahrscheinlich brachte er die Austern mit den Zitronen selbst her. Die Zitronen sicher. Daß es deren zwei waren, erkennen wir an den Schalen. Und er reichte dem jungen Mädchen ein Stückchen von der vergifteten Zitrone. Vielleicht hat er den giftigen Saft selbst auf eine Auster für sie geträufelt. So, wie ich es jetzt tue. Wie Sie sehen, ist das ganz einfach. Gleich den meisten Verbrechen.«

Der Arzt sprang auf.

»Natürlich!« rief er aus. »So muß es zugegangen sein. Nun sehe auch ich alles klar und deutlich vor mir.«

»Sicher hat der Mörder sich gemerkt, welches die vergiftete Zitrone war, damit er sich nicht irre. Ja, ganz recht! Hier haben wir das Kennzeichen auf einem kleinen Stück der Schale. Sehen Sie, Doktor, hier ist ganz deutlich ein kleines Zeichen eingeschnitten.«

»Ja, ich sehe es,« antwortete der Arzt, »es sind zwei Kreuze.«

»Du großer Gott!« rief Krag aus. »Ja, gewiß sind es zwei Kreuze. Also das Zeichen, das sich auch auf dem Elfenbeinstock und auf der Visitenkarte befindet. Was, um des Himmels willen, kann das nur für eine unglückselige Bedeutung haben?«

Der Detektiv sammelte sorgsam die Austernschalen, die Zitronenreste, die Flasche und das Glas, aus dem das junge Mädchen getrunken hatte.

»Nun gilt es, den Mörder zu finden,« sagte er, »und das dürfte nicht schwer sein, da ich solche Spuren habe.«

Der Arzt sah ihn erstaunt an.

»Was wollen Sie mit den ausgepreßten Zitronenscheiben?« fragte er. »Mit deren Hilfe können Sie doch wahrlich keinen Mörder finden.«

»Wir Detektive haben oft viel unbedeutendere Anhaltspunkte«, sagte er lächelnd. »Kommen Sie, Herr Doktor, gehen wir jetzt. Sie bleiben hier und ordnen das Nötige für die Überführung der Leiche an«, wandte er sich an den Unterbeamten.

»Soll ich das Zimmer noch immer verschlossen halten?« fragte dieser.

»Nein, das ist nicht mehr nötig. Ich sah nun alles, was ich brauche.«

Der Detektiv nickte ihm zu und ging mit dem Arzt hinaus. Im Korridor blieb er stehen und untersuchte das Türschloß. Es war das Werk eines Augenblicks.

»Glauben Sie, daß er einen falschen Schlüssel benutzt hat?« fragte der Arzt.

»Das ist kaum anzunehmen. Aber sollte er es getan haben, so war es eine Kleinigkeit für ihn. Denn das hier ist ja ein erbärmliches Schloß.«

»Ja, ich könnte mir aber auch nicht erklären, wie er anders hereingekommen sein sollte.«

»Die Tür stand wahrscheinlich offen.«

»Die Wirtin behauptet ja das Gegenteil.«

»Wollen Sie einen Moment warten, so werden Sie den Zusammenhang gleich begreifen.«

Er rief die Wirtin.

»Ist nicht das junge Mädchen gegen Abend bei Ihnen gewesen?« fragte er sie.

Sprachlos sah die Frau ihn an.

»Ja. Aber woher wissen Sie das?«

»Und Sie hielten sie ein paar Minuten mit Schwatzen fest?« fuhr er unbeirrt fort.

»Ja, das stimmt. Doch begreife ich nicht...«

»Nunwohl,« sagte Krag, indem er den Arzt an den Arm nahm und mit ihm die Treppe hinunterging, »da sehen Sie, lieber Freund, wie alltäglich und einfach schließlich alles zuging. Die beiden, die Ermordete und der Mörder, hatten natürlich die Zeit für seinen Besuch verabredet. Er hatte wohl seine Gründe, nicht gesehen werden zu wollen. Nun hätte das Mädchen ihm ja natürlich ihren Korridorschlüssel geben können, aber Sie wissen ja, wie es sich mit solchen Wirtinnen, wie die dort oben, verhält. Sie ist von grenzenloser Neugier und ebenso großer Klatschsucht. So überredete er das Mädchen dazu, die Korridortür zu öffnen und anzulehnen und dann die Wirtin in deren Zimmer zurückzuhalten.

Ganz deutlich liegt der Gang der Handlung vor mir. Es ist ein schlauer Bursche, mit dem wir es hier zu tun haben, Doktor, ein Teufelskerl, der kalt jede Chance berechnet. Aber ich werde ihn dennoch fassen, ich werde ihn fassen...«

Krag war ungewöhnlich lebhaft und gesprächig. Fast zu lebhaft, fand der Arzt, den die unheimliche Tragödie und der nervenaufreizende Anblick, den er soeben gehabt, stark ergriffen hatte.

Die Neugierigen waren nun aus dem Tor und von der Straße verschwunden. Der Wagen aber wartete noch immer. Krag schickte ihn fort.

»Wir brauchen ihn nicht«, sagte er. »Der Abend ist so mild und schön, gehen wir lieber zu Fuß.«

Der Arzt sagte sich sofort, daß der Detektiv hiermit eine Absicht verbinde. Krag schaute sich aufmerksam um. Plötzlich blieb er vor einem Geschäftslokal stehen.

»Versuchen wir es hier«, murmelte er. »Kommen Sie, Doktor.«

Und er zog den Arzt mit sich hinein. Hinter dem Ladentisch stand der Inhaber selbst. Kaum war Krag eingetreten, als er in aufgeregtem, wütendem Ton zu schelten begann:

»Was ist das für eine unerhörte Schweinerei! Wie können Sie es wagen, verfaulte Zitronen zu verkaufen!«

»Verfaulte Zitronen?« wiederholte der Händler verwundert. »Wir führen nur die besten Zitronen, die es gibt.«

»Unsinn!« schalt Krag weiter. »Riechen Sie doch mal an dem Zitronenstückchen hier. Ja, was sagen Sie nun? Das ist ja ein Skandal. Diese Zitronen hat mein Bruder heute nachmittag bei Ihnen gekauft.

»Das ist unmöglich«, antwortete der andere. »Ich habe den ganzen Nachmittag über keine einzige Zitrone verkauft.«

»Dann muß es ein Mißverständnis sein. Entschuldigen Sie, bitte«, sagte der Detektiv, verbeugte sich höflich und verließ den Laden.

Dem Arzt war der Auftritt sehr peinlich gewesen, aber er begriff nun, wo Krag hinaus wollte.

Dieser ging von Geschäft zu Geschäft, die ganze Straße hinunter. Doch es gelang ihm nicht, festzustellen, wo die Zitronen gekauft waren. Dagegen gelang es ihm, all die Händler durch seine Grobheit in Wut zu bringen.

Endlich fand er jedoch in einer Seitenstraße einen kleinen Laden, in dem er scheinbar mehr Glück haben sollte.

VII.

Als Asbjörn Krag hier eintrat, führte er die gleiche Komödie auf wie in den anderen Geschäften.

»Es ist ein Skandal,« rief er, »daß Sie sich erlauben, solche Zitronen zu verkaufen!«

Und verächtlich warf er die Zitronenschalen auf den Tisch. Die Inhaberin, eine dicke, große Madame, wurde wütend.

»Ich verkaufe stets nur frische Zitronen«, rief sie. »Sie können mein ganzes Lager untersuchen, um sich zu überzeugen, daß ich recht habe.«

Krag zeigte ihr nun genauer die Reste von dem Tisch der Ermordeten.

»Aber mein Bruder hat die hier heute nachmittag gekauft,« wiederholte er, »und sie erwiesen sich als vollkommen verdorben.«

»Das ist nicht möglich«, erwiderte sie. »Ich erinnere mich, daß vor ein paar Stunden ein Herr hier war und ein paar Zitronen kaufte, doch er bekam tadellose Ware.«

»So kann es nicht mein Bruder gewesen sein.«

»Ja, das weiß ich nicht. Es war der einzige Mensch, der heute nachmittag Zitronen bei mir kaufte. Und die er bekam, waren vollkommen frisch. Wie sieht übrigens Ihr Bruder aus?« fragte sie mißtrauisch.

»Ein großer schwarzer Mann.«

»Stimmt.«

»Mit langem, grauem Rock.«

»Richtig.«

»Und einem Elfenbeinstock in der Hand.«

»Ja, das muß er gewesen sein. Aber er bekam gute Zitronen.«

»Wann war er hier?« fragte nun Krag.

»Vor ungefähr drei Stunden.«

»Haben Sie gesehen, wohin er ging, als er Ihren Laden verließ?«

Sie sah ihn erstaunt an.

»Das werden Sie doch wohl selbst wissen,« sagte sie, »wenn er Ihr Bruder ist. Im übrigen ging er hier entlang.«

Und sie zeigte die Straße hinaus nach der Richtung des Hauses, in dem die Fabrikarbeiterin gewohnt hatte.

Der Detektiv überlegte.

»Nun,« sagte er dann, »ich werde der Sache noch weiter nachgehen.«

Und sie verließen den Laden. Krag war sehr ernst geworden.

»Nehmen wir nun einen Wagen«, sagte er. »Der Mann mit dem Elfenbeinstock hat einen Vorsprung von drei Stunden. Wir haben keine Sekunde zu verlieren.«

Er hielt eine vorüberkommende leere Droschke an, und die beiden Herren stiegen ein. Er nannte dem Kutscher eine Adresse, die den Arzt vor Staunen die Brauen heben machte.

»Meinen Sie dort etwas erfahren zu können?« fragte er.

Während der Wagen nach dem Zentrum der Stadt fuhr, erklärte der Detektiv:

»Lieber Doktor, Sie dürfen nicht vergessen, daß ich hier in diesem kleinen Paket zwei Dinge habe, die sich vor drei Stunden in der Hand des Mörders befanden, nämlich die Zitronen und die Austern. Wir haben bereits so viel herausbekommen, daß der Mann mit dem Elfenbeinstock, der geheimnisvolle Fremde, der Mörder des Mädchens ist. Unvorsichtigerweise hat er die Zitronen in einem nahe gelegenen Geschäft gekauft. Ich hatte die Befriedigung, selbst die Erinnerung der Verkäuferin an ihn auffrischen zu können. Wird er nun vor Gericht gestellt, so wird sie ihn sofort erkennen. Ferner haben wir auch noch die Austern. Es ist nicht ausschließlich eine Folge meiner Tätigkeit als Detektiv, lieber Doktor, daß ich ein Kenner von Austern bin – wir vertreiben hier erstens die Krageröauster, dann die Limfjordauster und außerdem die große amerikanische und französische Auster. Ich weiß genau, wo man die verschiedenen Arten bekommt. Wir fahren nun also nach einem Geschäft in der Torvgate. Es würde mich nicht wundern, wenn diese Austern dort gekauft wären.«

Als Krag vor dem großen Geschäft hielt, war man gerade im Begriff, es zu schließen. Der Chef stand auf der Türschwelle. Krag stieg aus und wollte sich ihm vorstellen. Der andere unterbrach ihn jedoch mit einem liebenswürdigen Lächeln:

»Stehe zu Ihrer Verfügung, Herr Krag.«

Der Detektiv trat ein und bat den Inhaber, seine Angestellten noch einen Augenblick zurückzubehalten. Er packte die Austernschalen aus.

»Sie kennen diese Austern sicher?« fragte er.

»Limfjord,« erwiderte der Chef, nachdem er einen Blick darauf geworfen hatte, »große, frische Limfjord. Wir haben heute gerade eine Sendung davon bekommen. Ich glaube fast, diese sind von der heutigen Sendung.«

»Das wollte ich nur feststellen«, erwiderte Krag. »Würden Sie die Güte haben, den Verkäufer herbeizurufen, der diese Waren zu expedieren pflegt?«

Der Verkäufer kam. Er bestätigte, daß die von Krag vorgezeigten Austern zu der heute angekommenen Partie gehören müßten. Er erinnerte sich auch, daß er am frühen Nachmittag einem Herrn drei Dutzend davon verkauft hatte. Das Signalement des Betreffenden paßte genau auf den Wann mit dem Elfenbeinstock.

Mit dieser Auskunft verließ Krag das Geschäft.

Die Angestellten sahen ihm interessiert nach. Das Gerücht von dem Besuch des berühmten Detektivs hatte sich rasch in dem ganzen Geschäftslokal verbreitet.

Krag und der Arzt fuhren nun direkt zur Polizei.

Hier erwartete der Chef in höchster Spannung Krags Rückkehr.

»Der Beamte, der mit Ihnen bei der Untersuchung war, berichtete mir soeben, daß es sich um ein Verbrechen handelt.«

»Ja, einen Mord«, erwiderte Krag.

»Und der Mörder ist gefunden?«

»Noch nicht. Doch ich weiß, wer es ist.«

Der Chef sah ihn erstaunt an.

»Es ist der Mann mit dem Elfenbeinstock,« sagte Krag ruhig, »der sogenannte Herr Brandt.«

»Aber welche Ursache kann ihn nur zu dieser Untat veranlaßt haben?«

»Das weiß ich noch nicht«, erwiderte Krag, und ein merkwürdiges Lächeln kräuselte seine Lippen. »Danach werden wir ihn fragen.«

»Aber Sie haben ihn ja noch nicht gefunden.«

»So werden wir ihn finden.«

»Noch heute abend?«

»Vielleicht. Aller Wahrscheinlichkeit nach hält er sich noch hier in Kristiania auf. Es wäre also seltsam, wenn ich ihn nicht finden sollte, da ich ein so vorzügliches Signalement von ihm habe.«

Der Chef sah Krag neugierig an.

»Ja, glauben Sie denn aber, er wüßte nicht, daß Sie ihm auf der Spur sind?«

»Er ahnt es wohl kaum. Wenigstens vorläufig noch nicht. Ich habe meinen Plan fertig. Doch muß ich zu seiner Ausführung einen Schritt tun, den Sie vielleicht unverantwortlich nennen werden.«

»Und das wäre?«

»Wir müssen den Verbrecher aus der Christian Krohgsgate freigeben.«

»Sind Sie verrückt?« rief der Chef aus. »Er ist ja der einzige, den wir bisher aus dem ganzen Komplott bekommen haben. Geben wir ihn frei, so stehen wir mit leeren Händen da.«

»Er gehört nicht zu dem Komplott.«

»Sind Sie dessen so sicher?« fragte der Chef mit besonderer Betonung.

»Unbedingt.«

»Gut, so handeln Sie, wie Sie es für gut befinden.«

»Es gilt ja nichts weniger, als einen Mörder zu fassen. Wir geben ihn also frei?«

»Das kann ich nicht tun, ohne einen höheren Befehl dazu zu haben.«

»So ist nichts anderes zu machen, als daß wir ihn die Flucht ergreifen lassen.«

»In welcher Weise?«

»Das ist nicht schwierig«, meinte Krag. »Sie brauchen nur anzuordnen, daß er noch heute abend in ein anderes Gefängnis überführt werde.«

Der Chef überlegte einen Augenblick. Dann setzte er sich an seinen Schreibtisch und fertigte den gewünschten Befehl aus.

Asbjörn Krag steckte das Papier ein.

»Alles andere überlassen Sie mir«, sagte er, indem er ging.

Wenige Minuten später trat der Detektiv in die Zelle des Verhafteten. Dieser hatte sich den Rausch ausgeschlafen und war nun ruhig und vernünftig. Krag bemerkte zu seiner Freude, daß er ein ganz heller Junge zu sein schien. Er hatte ein Paar fixe dunkle Augen und ein gutmütiges Lächeln, das Krag Vertrauen einflößte.

Als der Detektiv eintrat, erhob er sich rasch von seiner Pritsche. Der Wärter war an der Zellentür stehengeblieben, das große Schlüsselbund in der Hand. Krag bat ihn, sich zu entfernen.

Als er dann mit dem Gefangenen allein war, sagte er:

»Du weißt, daß ich dir versprach, dir zur Freiheit zu verhelfen.«

»Ja.«

»Nun also: du sollst heute abend Gelegenheit zur Flucht bekommen.«

»Zur Flucht?!« Der andere lachte laut auf. »Soll die Polizei vielleicht davon wissen?« fragte er.

»Ich weiß davon«, antwortete Krag. »Aber du brauchst die Sache gar nicht so scherzhaft zu nehmen. Es ist mein Ernst.«

»Nun, ich bin bereit zu fliehen. Doch wie soll das vor sich gehen?«

»Man wird sogleich kommen und dich mit dem Gefangenwagen abholen. Ich werde dafür sorgen, daß die Tür nicht verschlossen wird. Wenn der Wagen um die Grubbegate biegt, die um diese Zeit ziemlich menschenleer ist, springst du heraus.«

»Aber der Kutscher? Und der Wächter?«

»Darum kümmere dich nicht. Sie werden tun, als merken sie nichts. Sie sind meine Leute.«

Der Arrestant lachte wieder hell auf und klatschte sich vor Vergnügen auf die Schenkel.

»Das wird ja ein feines Spiel!« rief er aus. »Und was soll ich tun, wenn ich aus dem Wagen bin?«

»Ruhig die Straße hinuntergehen.«

»Aber wohin?«

»Nach dem Café in Vaterland unten, wo du mit dem Bolzen an jenem Abend warst, als man dich fast erschlagen hätte.«

»Was soll ich da machen?«

»Das überlaß mir. Sei nun vernünftig. Ich höre den Wärter kommen.«

VIII.

Im Korridor draußen näherten sich Schritte. Vor der Tür der Zelle hielten sie an.

Krag ging hin und öffnete. Draußen stand der Gefängniswärter mit dem Schlüsselbund in der Hand und neben ihm zwei andere Unterbeamte.

»Bitte,« sagte Krag, »hier ist der Gefangene, führen Sie ihn nun ab. Der Wagen wartet wohl draußen?«

»Ja«, antwortete eine barsche Stimme, und ein großer, grobknochiger Wärter in Uniform trat aus dem Dunkel des Korridors in die matt beleuchtete kleine Zelle.

»Ah, Sie sind es, Johnsen«, sagte Krag. »Ich muß Sie erst einen Augenblick sprechen. Inzwischen können die anderen den Gefangenen bewachen. Folgen Sie mir.«

Die beiden Männer gingen den Korridor hinauf nach dem Kontor der Signalementsabteilung.

»Sie also führen den Gefangenenwagen?« fragte Krag.

»Jawohl.«

»Haben Sie irgendeine besondere Order erhalten?«

»Ja, ich habe eine besondere Order erhalten.«

»Und welche?«

»Ich soll Ihren Anweisungen in jeder Beziehung folgen.«

»Gut. Ich kann ja auch noch diese schriftliche Order vorlegen, in der ausdrücklich steht: ›Im übrigen haben die Gefängniswärter in jeder Beziehung Asbjörns Krags Anweisungen zu befolgen.‹ Sehen Sie es?«

»Jawohl.«

»Also! Merken Sie sich nun folgendes: die Wagentür darf nicht verschlossen werden.«

»Nicht verschlossen...? Das ist aber eigentümlich.«

»Das ist meine Sache. Der Gefangene wird unterwegs einen Fluchtversuch machen.«

Der Wächter lachte breit.

»Einen Fluchtversucht Das soll ihm bald vergehen.«

»Nein, Sie verstehen mich falsch. Wenn der Gefangene einen Fluchtversuch macht, sollen Sie ihn nicht daran hindern.«

Verblüfft sah der Wärter den Detektiv an.

»Das verstehe ich nicht«, bemerkte er.

»Ist auch nicht nötig. Denken Sie nur an Ihre Order.«

»Jawohl.«

»Also: Sie machen die Augen zu, wenn der Gefangene den Wagen verläßt, und fahren, als wäre nichts geschehen, nach dem anderen Gefängnis weiter.«

»Aber was soll ich denn sagen, wenn ich dort ankomme?«

»Sie sollen nur sagen, der Gefangene müsse wohl geflohen sein, da er sich ja nicht im Wagen befindet.«

Der Wächter lachte wieder.

»Und dann bekomme ich meinen Abschied«, sagte er.

»Seien Sie beruhigt. Verlassen Sie sich auf mich. Und nun kommen Sie. Wir haben keine Zeit zu verlieren.«

Während der Detektiv mit dem Wächter zur Zelle zurückging, bemerkte dieser:

»Na, wären Sie's nicht, Herr Krag...«

»Was dann?«

»Was dann? Dann würde ich Sie festnehmen. Aber da Sie es sind, muß ich ja gehorchen. Sie haben wohl Ihre Absicht damit. Doch habe ich noch nie eine solche Komödie mitgemacht, und dabei bin ich doch seit zwanzig Jahren bei der Polizei.«

Als der Sträfling in den Wagen geführt war, ging Krag in sein Kontor und hielt sich dort eine Weile auf.

Inzwischen rollte der Gefangenenwagen davon. Es war mittlerweile so spät geworden, daß sich nur noch wenige Spaziergänger auf der Straße befanden. Als der Wagen durch die fast völlig menschenleere Grubbegate fuhr, öffnete sich plötzlich der Schlag und ein Mann sprang heraus. Er stand einen Augenblick mitten auf dem Damm und sah sich um. Der Wagen fuhr weiter, als sei nichts geschehen. Der Flüchtling brach in ein lautes Gelächter aus, steckte die Hände in die Hosentaschen und schlenderte weiter. Auf dem Stortorvet wimmelte es von Menschen. Die gute Laune des Strolches wuchs. Frech sah er einem Schutzmann ins Gesicht und grüßte ihn, die Hand an der Mütze. Dieser erwiderte seinen Gruß.

An der Straßenbahnhaltestelle blieb er mitten in einem Haufen Wartender stehen. Plötzlich fuhr er zusammen. Jemand hatte ihm ein Wort ins Ohr geflüstert. Wer mochte das sein? Er sah sich um, konnte aber keinen Verdächtigen entdecken. Er stand neben ein paar Damen, einem Herrn mit Klemmer und Spazierstock und einem alten Mann mit krummem Rücken, einen Korb am Arm. Sollte dieser ihm etwas zugeflüstert haben? Nein, er stand zu weit fort.

Endlich kam der Wagen, auf den er wartete, und er stieg mit einigen anderen Personen ein. Zwar war er ganz ohne Geld, aber er hatte keine Lust, den Weg zu Fuß zu machen, und so wollte er das Kunststückchen versuchen, das bei Leuten seiner Art so gebräuchlich war: mitfahren ohne zu bezahlen. Der Schaffner begann mit der Billettverteilung im vorderen Wagen, und er stand ganz hinten. Aber was war das? Er bemerkte, daß jemand an seiner rechten Rocktasche bastelte. Schnell wandte er sich um. Es konnte doch unmöglich diese Dame gewesen sein...? Ein lustiger Gedanke schoß ihm durch den Kopf: sollte *er* das Opfer eines Taschendiebes sein? Er, der König der Taschendiebe! Der Einfall erschien ihm so drollig, daß er laut auflachen mußte. Aber in diesem Augenblick flüsterte ihm wieder jemand etwas ins Ohr, und nun verstand er es deutlich: »Bezahl das Billett!« sagte die fremde Stimme. Wer in aller Welt konnte es sein, der sich um seine Angelegenheiten kümmerte? Die Plattform war voller Menschen, aber nicht einem einzigen der Fahrgäste hätte er etwas Derartiges zugetraut. Wenn es nicht doch der hustende alte Mann mit dem Korb war. Er faßte ihn am Arm.

»Hallo,« rief er, »hast du eben mit mir gesprochen?«

Der Alte schüttelte verständnislos den Kopf.

»Verstehst du nicht?« fragte der Flüchtling wieder.

Da schob der alte Wann seine Brust vor, und der andere las auf einer kleinen Tafel, die an seinem Halse hing: Taubstumm. Ein Taubstummer! Also konnte er es nicht gewesen sein. Und als er weitersann, erinnerte er sich, daß er den Alten schon häufig an den Straßenecken stehen und betteln gesehen hatte. Der Sträfling hatte einen plötzlichen Einfall und steckte die Hand in seine rechte Rocktasche. Richtig! Er zog etliche Silbermünzen heraus.

Und nun verstand er das Ganze und schalt sich, daß er den Zusammenhang nicht sofort begriffen hatte. Selbstverständlich befand er sich unter polizeilicher Aufsicht. Es würde ja auch Asbjörn Krag wenig ähnlich sein, wenn er ihn nun völlig aus dem Auge verlöre und seiner Wege gehen ließe. Natürlich wurde er vom ersten Moment an beobachtet, schon seitdem er den Wagen verlassen hatte. Womöglich, verfolgte ihn Krag selbst – er hatte ja schon soviel von dessen Verkleidungskunst gehört.

Er sah sich um und wollte zu erforschen suchen, wer von all diesen Menschen vielleicht der berühmte Detektiv sein konnte. Der Herr dort mit der goldenen Brille? Oder der Kontrolleur? Oder gar die Dame mit den vielen Paketen? Womöglich wohl der Taubstumme! Er ärgerte sich bei der Vorstellung, daß Krag nun wohl seine Verblüffung beobachtet hatte.

Endlich hielt der Wagen, und der Flüchtling stieg ab.

Es war anfangs wirklich seine Absicht gewesen, der Geschichte zu entschlüpfen und nicht, wie Krag ihn angewiesen hatte, in das Café nahe der Christian Krohgsgate zu gehen. Aber nun sagte er sich, daß es doch zwecklos wäre. Außerdem war er gespannt, wie dieses ihm so neue und interessante Abenteuer ablaufen würde.

Er kam in die Kneipe zu der Zeit, da diese am stärksten besucht zu sein pflegte – eine halbe Stunde vor deren Schließung. Ein Meer von Schwatzen und Schreien empfing ihn, als er die Tür öffnete, dichter Qualm und Tabaksrauch lag über allen Tischen. Der junge Verbrecher fühlte sich nun so recht in seinem Element, und seine Stimmung hob sich wieder. Er ging durch die ersten beiden Räume und fand einen stillen versteckten Winkel im dritten Zimmer, das im Keller unten lag, tiefer als die anderen beiden. Eine schlampige Kellnerin mit schmutzigen Händen und flachsgelbem Haar kam zu ihm. Sie äußerte ihr großes Erstaunen, ihn wiederzusehen.

»Bist du ausgerückt?« fragte sie.

»Nein,« antwortete er, »sie ließen mich frei. Sie konnten mir nichts anhaben. Bring mir was zu trinken.«

Sie brachte ihm eine Flasche und ein Glas. Nach zwei Minuten hatte er die Flasche geleert und verlangte eine zweite.

Nachdem er seinen Durst gestillt hatte, begann er über seine Lage nachzudenken. Die ganze Sache war ihm völlig unverständlich. Er befand sich in einer starken Spannung, denn er wußte im voraus, daß er binnen wenigen Minuten etwas Ungewöhnliches erleben würde. Er sah sich in dem elenden kleinen Zimmer um.

Da bemerkte er, daß er plötzlich nicht mehr allein war.

An einem anderen Tisch saß eine wunderliche Gestalt, ein Mann mittleren Alters, erbärmlich verkommen. Der Gesicht war gelblich und unrasiert, die Kleider zerlumpt. Der Flüchtling kannte ihn nicht, aber er wußte, welche Art Mensch der Fremde war, und es gab ihm einen Stich ins Herz. Diesen Typ hatte er oft genug gesehen: es war einer von jenen, die nach jahrelanger Haft endlich die Gefängnismauern verlassen hatten, ein schwerer Verbrecher, der durch den langen Aufenthalt im Kerker still und stumm geworden war und daher am liebsten dunkle, lichtarme Stellen aufsuchte.

IX.

Der Ärmste hatte sein Glas geleert und blickte nun so sehnsüchtig nach des Flüchtlings voller Flasche, daß dieser ihn an seinen Tisch heranwinkte. Ein dankbares Lächeln glitt über die Züge des Sträflings, und langsam schleifte er sich heran und setzte sich auf einen Stuhl in der Ecke zwischen der Wand und dem Tisch.

Die Kellnerin brachte Flasche und Glas. Der Flüchtling bezahlte sofort und gab ihr ein reichliches Trinkgeld. Das schien einen großen Eindruck auf den anderen zu machen.

Die beiden stießen miteinander an und tranken.

»Du hast viel Geld«, flüsterte der Sträfling mit heiserer, geborstener Stimme, und sah begehrlich auf den Fünfziger, der in der Tasche der Kellnerin verschwand.

Anstatt zu antworten, zog der Flüchtling die Handvoll Silbergeld heraus, die der geheimnisvolle Unbekannte ihm auf der Straßenbahn zugesteckt hatte.

»Soviel Geld habe ich seit vielen Jahren nicht gesehen«, sagte der andere.

»Wie viele Jahre?« fragte der Flüchtling, indem er eine bedeutungsvolle Gebärde machte.

»Zwölf.«

»Also wohl wegen Totschlag?«

Der Fremde antwortete nicht. Er hob sein Glas, trank es aus und fragte:

»Wie heißt du?«

»Jens. Und du?«

»Das wird dich kaum interessieren. Ich bin ein unglücklicher Namenloser.«

»Du siehst aus, als hättest du einst bessere Tage gehabt.«

»Ja, die hatte ich auch. Aber das ist lange, lange her.«

Eine Pause entstand.

Plötzlich beugte sich der Sträfling über den Tisch und sagte mit völlig verwandelter Stimme:

»Du bist ein tüchtiger Bursche.«

Jens starrte ihn an, sprachlos vor Staunen, und ließ sein Glas zu Boden fallen, daß es in tausend Stücke zersprang.

»Zum Donnerwetter!« rief er aus. »Du bist es, Detektiv?«

Asbjörn Krag – er war es wirklich – legte die Finger auf den Mund.

»Still,« sagte er, »wir werden vielleicht belauscht.«

»Habe ich je dergleichen erlebt«, murmelte Jens und sah Krag an, wie man ein geheimnisvolles, übernatürliches Wesen betrachtet. »Ja, gegen dich kommt keiner auf,« sagte er schließlich.

Krag antwortete lächelnd:

»Halt dich nun aber ruhig, damit du uns nicht beide ins Verderben stürzt.«

Das kleine Zimmer füllte sich allmählich mit einem Haufen lärmender Menschen – meist übel aussehende, nach Schnaps stinkende Individuen. Man befand sich hier offenbar in einem Lokal allerschlimmster Sorte.

Plötzlich zuckte Jens zusammen. Zwei neue Gäste waren eingetreten. Der eine lenkte sofort aller Blicke auf sich. Es war ein großer, grobknochiger Mann. Er konnte etwa fünfzig Jahre alt sein, sein Rücken war etwas gebeugt. Er trug einen Kutschermantel, hatte eine Peitsche in der Hand und ein Ungeheuer von einem Kutscherhut war über beide Ohren gezogen. Sein Bart, der die ganze untere Hälfte des Gesichts bedeckte, war schwarz, doch schon ein wenig grau gesprenkelt. Als der Kutscher in das Licht der Lampe trat, bemerkte Krag, daß sein Mantel vertragen war und daß zwei Knöpfe daran fehlten.

Der Mann, mit dem er kam, war klein und untersetzt, schien aber außerordentlich geschmeidig und kräftig zu sein. Er hatte die gewohnte Bauernfängerphysiognomie, war scheinbar gut angezogen, trug eine dicke silberne Uhrkette über dem Magen und einen knallroten Schlips.

Krag und sein Gefährte wurden anfangs in ihrer stillen Ecke von den Neuankömmlingen nicht bemerkt. Diese setzten sich allein an einen Tisch und vertieften sich sofort In eine vertrauliche, eifrige Unterhaltung.

»Kennst du ihn?« fragte der Detektiv.

»Ja«, antwortete dieser und blickte unruhig zu ihnen hinüber.

»Verrate dich nicht. Welchen kennst du?«

»Den jüngeren.«

»Den mit dem roten Schlips?«

»Ja. Es ist der Bolzen.«

»Ich dachte mir's. Aber der andere?«

»Den habe ich noch nie gesehen.«

»So. Betrachte ihn dir genauer.«

Jens warf ihm einen verstohlenen Blick zu. Dann sah er Krag bedeutungsvoll an.

»Das ist doch nicht etwa ...«

»Der Mann mit dem Elfenbeinstock, meinst du? Wir werden ja sehen. Aber der Bolzen hat Mut, daß er sich herauswagt, obwohl er soviel auf dem Kerbholz hat.«

»Ph, der weiß sich schon zu decken. Er hat draußen seine Wachtposten. Und hier im Hause weiß er Bescheid wie in seiner Tasche und kann jeden Augenblick verschwinden. Außerdem ahnt er nicht, daß ich ihn verriet. Und es war vielleicht auch eine Verrücktheit von mir.«

»Hat er dich etwa nicht zuerst verraten?«

»Ja. Aber er glaubt wohl nicht, daß ich mir das zusammenreimte. Bekommt er heraus, wer du bist, so ist es mit uns beiden aus. Er ist der reine Teufel.«

»Du kennst mich noch nicht recht«, erwiderte Krag. »Ich habe mich schon in gefährlicheren Lagen befunden.«

»Hallo, Kamerad!« erscholl es plötzlich von dem Tisch der anderen beiden.

Der Bolzen hatte sie entdeckt und kam nun zu ihnen herüber. Argwöhnisch sah er Krag an, fühlte sich dann aber offenbar beruhigt durch sein erbärmliches Äußere. Dieser hatte nun wieder sein voriges Gesicht aufgesetzt. Mißmutig rückte er auf seinem Stuhl hin und her, der ausgemergelte alte Sträfling – Krag war nicht nur ein vorzüglicher Detektiv, sondern auch ein ausgezeichneter Schauspieler.

Der Bolzen drückte dem Flüchtling die Hand. In seinem Gesicht spiegelte sich Staunen und Ärger. Jens bemerkte es und warf ihm einen trüben Blick zu.

»Wie kommst du hierher?« fragte der Bolzen.

»Das kannst du dir wohl denken«, antwortete der andere. »Ich bin einfach ausgebrochen.«

»Donnerwetter! Wie hast du das gemacht?«

»Bin aus dem ›Kasten‹ (Gefangenenwagen) gesprungen.«

»Aber das ›spanische Rohr‹ (der Wärter)?«

»Hat geschlafen.«

»Und dennoch traust du dich hierher?«

»Irgendwo muß ich doch wohl sein. Außerdem wollte ich dich sprechen.«

»Was willst du von mir?«

»Dir sagen, daß ich dir nicht mehr traue. Ich glaube, du warst es, der mich bei der Polizei angegeben hat.«

Der Bolzen ergriff heftig seinen Arm.

»Das ist gelogen!« rief er aus. »Waren wir nicht immer gute Kameraden?«

»Ja, aber du kriegst alles fertig.«

Jens ballte die Fäuste und stand auf. Krag erkannte, daß es nicht *nur* Komödie von ihm war.

Der Bolzen schob ihn auf den Stuhl zurück.

»Schrei nicht so«, flüsterte er. »Du weißt sehr gut, daß es gelogen ist, was du sagst.«

»So mußt du mir vorläufig ein Versteck anweisen.«

»Ja, das will ich. Nur schrei nicht so, sei still. Was ist das für einer, der hier mit dir sitzt?«

Er zeigte auf Krag.

»Der ist eben aus Akershus entlassen.«

»Wie lange?«

»Zwölf Jahre haben sie ihm aufgebrummt.«

»So kennst du wohl manchen Kameraden da unten?« fragte der Bolzen.

»Ja,« antwortete Krag, »ich kenne viele, viele...«

Der andere befragte ihn nun nach allen Bekannten in Akershus. Krag verstand sich vorzüglich auf die von ihm benutzte Verbrechersprache, auf all die merkwürdigen Worte und Wendungen, die sie gleich Freimaurern untereinander anzuwenden pflegen. Er antwortete in demselben Jargon und konnte ihm, da er ein vorzügliches Personengedächtnis hatte und keiner der größeren Verbrecher ihm fremd war, vieles Neue mitteilen. Das wiegte den Bolzen vollkommen in Sicherheit. Und als er mit seinem Examen fertig war, sagte er zu Jens:

»Erwarte mich hier. Ich bleibe nur zehn Minuten fort.«

Damit ging er zu dem Kutscher zurück, der mit unruhigem Interesse seine Unterhaltung mit dem jungen Kameraden und dem alten Strafgefangenen beobachtet hatte. Bald darauf erhob sich Krag und ging. Er fühlte die Blicke des Bolzen in seinem Rücken.

Als er auf die dunkle Straße trat, suchte er sich erst einen Augenblick zu orientieren. Dann schlich er rasch in einen Torweg, dessen Dunkelheit ihn völlig verschlang. Niemand hatte sein Manöver gesehen, kein Mensch war in der Nähe.

Nach wenigen Minuten beobachtete Krag, daß die Tür der Kneipe sich öffnete. Der Kutscher und ein anderes Individuum traten heraus. Krag erkannte sofort den Bolzen, obwohl dieser inzwischen einen anderen Rock angezogen und den Kragen hochgeschlagen hatte.

X.

Der Kutscher bog rasch in eine Nebenstraße ein. Asbjörn Krag folgte ihm. Er sprang von einem Torweg in den anderen, um nicht gesehen zu werden. Die Straße war fast vollkommen dunkel, nur hier und da qualmte eine dämmerige Laterne.

Der Kutscher hatte sich am Eingang des Cafés von dem Bolzen getrennt. Der letztere war wieder in das Lokal zurückgegangen. Krag sagte sich, daß er sich scheinbar Jens' annehmen und ihn vor der verfolgenden Polizei verbergen werde. Und er überlegte: Vielleicht wollte der Schurke die Gelegenheit benutzen, den anderen völlig aus dem Wege zu räumen. In diesem Falle hätte er, Krag, ja den jungen Burschen in eine schlimme Lage gebracht.

Aber es war jetzt nicht der rechte Moment, hierüber nachzudenken. Nun galt es, den Kutscher im Auge zu behalten. Es war ja aller Wahrscheinlichkeit nach der Mann mit dem Elfenbeinstock, den er hier vor sich hatte.

Der Verfolgte und der Verfolger kamen nun in eine belebtere Gegend, und Krag brauchte also nicht mehr an den Hausmauern entlang zu schleichen oder in den Türgewölben unterzutauchen. Er tat, als sei er leicht berauscht und schwankte die Straße entlang. Argwöhnisch betrachteten ihn ein paar Schutzleute, denen er begegnete.

Plötzlich bog der Mann in dem Kutschermantel ab und ging nach dem Jernbanetorv. Hier standen drei, vier Droschken. Krag entdeckte sofort außer diesen noch eine große Equipage, auf die der Kutscher zusteuerte.

Krag wurde unruhig. Sollte es doch tatsächlich ein gewöhnlicher Kutscher sein? Hatte er sich durch einen falschen Verdacht narren lassen? Vielleicht hatte der Bolzen geahnt, daß etwas im Verzuge sei und ihn hinters Licht geführt.

Auf dem großen Marktplatz befand sich außer den Droschkenkutschern keine Menschenseele. Krag mußte unbedingt gesehen werden, wenn er über den leeren Platz schlich. Er zog es daher vor, an den Häusern entlang über die Karl Johansgate zum Bahnhof zu gehen und kam so hinter die Wagen, wo er sich in der Dunkelheit verbarg. Niemand hatte ihn gehört oder gesehen.

Der Kutscher stand da und redete mit seinen Kollegen. Er sprach deutlich und laut, in norwegischer Sprache. Krag hatte es also mit einem Landsmann zu tun.

»War inzwischen jemand hier?« hörte er ihn fragen.

»Nein«, antwortete ein anderer.

»Das ist doch merkwürdig, auch da fand ich ihn nicht.«

»Auf wen wartest du denn?«

»Habe ich es dir nicht erzählt, Jaso? Nun, aus dem Hotel dort wurde nach einem Wagen telephoniert.«

Der Kutscher wies mit dem Finger in die Richtung, aus der er gekommen war.

Krag wußte nun, daß er auf der richtigen Spur war.

Der andere Kutscher lachte laut, und auch die übrigen stimmten ein.

»Da hat man dich ja ordentlich angeführt«, sagte einer von ihnen.

Der Kutscher überlegte einen Augenblick und rief dann mit angenommenem Ärger:

»Ja, irgend so ein verfluchter Hund. Aber da läßt sich nichts weiter tun. Ich muß mit dem leeren Wagen zurückfahren. Danke, daß Ihr mir auf meine Pferde aufgepaßt habt. Ein anderes Mal werde ich mich besser vorsehen.«

Damit schwang er sich auf den Bock, knallte mit der Peitsche und rollte davon. Krag sah seinen Wagen in der Karl Johansgate verschwinden. Sobald er außer Sehweite war, sprang er aus seinem Versteck hervor.

»Hallo!« rief einer der Kutscher ihm zu, »was bist denn du für ein Lumpenkerl? Kommst wohl direkt aus dem Loch?«

Krag schlug seine Hand zur Seite.

»Donnerwetter, hast aber Kräfte!« sagte der andere. »Am besten wär's wohl, einen Schutzmann zu rufen.«

Ein zweiter von ihnen zündete blitzschnell ein Streichholz an und leuchtete dem Detektiv ins Gesicht.

»Hört einen Augenblick gut zu«, sagte dieser da mit seiner gewohnten Stimme. »Es ist Zeit, daß Ihr mich erkennt. Ich bin Asbjörn Krag.«

»Tod und Teufel! Asbjörn Krag? Sie sehen aber aus!« riefen die Kutscher durcheinander.

»Wir haben keine Minute zu verlieren. Welches ist Ihr Wagen?« fragte er den ihm zunächst Stehenden.«

»Hier. Steigen Sie ein, Meister, erweisen Sie meinem Wagen die große Ehre.«

»Einen Mantel her.«

Ein zweiter Kutscher warf rasch seinen Gummimantel ab und reichte ihn Krag, der bereits im Wagen saß.

»Wohin geht die Jagd?«

»Hinter der Equipage her.«

»Ich verstehe. Sie fuhr über den Karljohan. Wieviel Finderlohn gibt's, Meister?« fragte der Kutscher und machte vom Bock aus Honneur.

»Einen blauen Lappen, wenn Sie ihn fassen, ehe er bei dem Grand Hotel vorüberkommt.«

»Gut.«

Ein lauter Peitschenknall brachte das Pferd in Galopp.

Als sie an der Post waren, sah Krag die Equipage vor sich. Sie fuhr langsamer, als er es erwartet hatte. Schon am Storting hatte er sie eingeholt. Die Droschke fuhr nun eine lange Weile hinter dem Wagen her. Den Drammensvej hinauf und durch die Bygdö Allee. Hier war ein lebhafter Wagenverkehr, so daß sie ihn verfolgen konnten, ohne daß der Kutscher es merkte. Als die Equipage jedoch nach dem Elisenbergvej abschwenkte, fand Krag es geraten, die Droschke zu verlassen. Er hatte inzwischen seine Maske abgeworfen, war wieder Asbjörn Krag, gab dem Kutscher den Mantel und den versprochenen Geldschein, und dieser machte sofort kehrt.

Krag aber lief der Equipage nach. Als er sie erreicht hatte, hängte er sich hinten an, mit einer Fertigkeit, die darauf schließen ließ, daß dieser Kniff wohlgeübt war. Da saß er nun ruhig und ließ sich von dem Manne fahren, den er verfolgte.

Zehn Minuten lang fuhr der Wagen durch verschiedene Straßen. Der Kutscher schien keine Eile zu haben. Krug hörte, daß er, auf seinem Bock sitzend, ein Liedchen vor sich hinsummte.

Endlich hielt er vor einem großen Hause, das in einem hoch umzäunten Garten lag. Rasch öffnete sich die Tür, und eine Stimme fragte:

»Haben Sie jemanden mit?«

»Nein«, antwortete der Kutscher.

Dann wurden die beiden Türflügel weit aufgemacht, und der Wagen glitt auf einem breiten Kiesweg hinein.

Krag pries die Dunkelheit. Er hockte zusammengekauert zwischen den Hinterrädern. Unmöglich konnte ihn jemand entdecken. Nun aber sprang er ab und verbarg sich hinter einem Gebüsch.

Er hörte den Kutscher mit jemandem sprechen, verstand jedoch nicht, was sie sagten. Jetzt vernahm er auch noch eine Frauenstimme. Er wartete, bis die Pferde in den Stall geführt und der Kutscher in seiner Wohnung verschwunden war.

Der Hof war nun leer. Krag sah sich eine Weile um; er wußte nicht recht, wo er sich befand. Bald aber erkannte er seine Umgebung. Er stand in einem der ersten Patrizierhäuser Kristianias, aber er erinnerte sich im Augenblick nicht, wer es bewohnte.

Im Haupthause sah er in drei Fenstern des Erdgeschosses Licht. Ebenso in der Kutscherwohnung, in der sich ein Schatten hin und her bewegte, der des Kutschers.

War dieser Kutscher tatsächlich der Mann mit dem Elfenbeinstock, so war er ein tüchtiger Kerl, dachte Krag. Es wäre dann kein Wunder, daß die Polizei ihn bisher nicht gefunden hat. Sie konnten doch nicht auf den Gedanken kommen, das der Verbrecher sich hinter einer solchen Maske verbarg.

Krag fuhr zusammen: die Tür des Haupthauses hatte sich geöffnet.

Die Tochter des Hauses! dachte er und verbarg sich in dem dunkelsten Schatten der Mauer.

Das junge Mädchen schritt vorsichtig über den Hof und klopfte an die Tür des Kutschers. Dieser kam heraus. Er war barhäuptig. Das Mädchen sah sich einen Augenblick ängstlich um, als fürchte sie, belauscht zu werden. Dann sagte sie etwas zu dem Manne.

Krag fing ein Wort auf, ein einziges Wort, das ihn zusammenfahren ließ.

XI.

Hatte er sich verhört? Er schlich näher heran und verstand nun ganz deutlich, was das Mädchen sagte:

»Du bliebst lange fort.«

»Ja, ich blieb lange«, antwortete der Mann ernst und langsam. »Aber ich konnte die Sache nicht schneller erledigen. Hattest du inzwischen Besuch?«

»Nein,« flüsterte sie, »hier war niemand.«

Der Kutscher öffnete die Tür zu seiner bescheidenen Wohnung.

»Willst du nicht eintreten?« fragte er.

Sie nickte, und die beiden verschwanden im Inneren des kleinen Hauses.

Asbjörn Krag begriff kein Wort von dieser Geschichte. War es denn möglich, daß zwischen dem jungen Mädchen und dem alten Kutscher ein intimes Verhältnis bestand? Befand sie sich in dem Glauben, daß er tatsächlich Kutscher sei, oder wußte sie, daß er der Mann mit dem Elfenbeinstock, ein Dieb und Mörder war? Oder war er gar nicht der Verbrecher, den er hinter ihm witterte? Aber wie kam es dann, daß er in Beziehung zu dem Bolzen stand, einem mehrfach bestraften Strolch und Taschendieb?

Asbjörn Krag schlich sich unter das Fenster der Kutscherwohnung. Das Rouleau war herabgelassen, aber er erkannte an den Schatten in dem erleuchteten Zimmer, daß die beiden drinnen in eifrigem Gespräch hin und her gingen.

Krag legte das Ohr an das Schlüsselloch und lauschte. Er war sich wohl bewußt, daß er damit eine niedrige Handlung beging, doch besann er sich trotzdem keinen Augenblick, es zu tun. Für ihn galt es nur, so rasch wie irgend möglich hinter dieses seltsame Geheimnis zu kommen.

Anfangs sprachen die beiden so leise, daß er ihre Worte nicht verstand. Doch ihr Gespräch wurde immer heftiger, und plötzlich hörte Krag das Mädchen sagen:

»Du mußt abreisen.«

Der Kutscher brummte etwas zurück. Darauf klagte sie:

»Du stürzt uns alle ins Unglück.«

Da schlug der Kutscher auf den Tisch und rief:

»Ich reise nicht. Es wäre mein Verhängnis, wenn ich das jetzt täte.«

»Du sagst ja aber selbst, daß die Polizei dir auf den Fersen ist.«

»Ph, die Polizei, aus der mache ich mir gar nichts.«

»Ich glaube, du tatest unrecht, dich in der Stadt aufzuhalten.«

»Das geht dich nichts an.«

»Bedenke doch, wenn die Polizei in Erfahrung gebracht hätte, wer du eigentlich bist.«

»Das ist nicht möglich,« antwortete der Kutscher mit einem merkwürdig verzweifelten Lachen, »die Polizei forscht doch nicht nach einem Toten.«

Ein Zittern schüttelte Krag. Er vernahm ein schmerzliches Schluchzen. Das war das junge Mädchen.

Plötzlich fuhr der Detektiv zusammen und schlich rasch seitwärts. Die Tür hatte sich geöffnet, und das Mädchen trat heraus.

Der Kutscher begleitete sie bis zur Schwelle. Krag stand so nahe, daß er nur den Arm auszustrecken brauchte, um den Kleiderrock des Mädchens zu fassen.

Er sah, daß sie sich die Tränen trocknete. Der Kutscher stand ungerührt neben ihr und wartete offenbar nur auf ihr Verschwinden.

»Du kennst die Signale«, sagte er mit harter Stimme.

»Ja, ich kenne sie.«

Eine Sekunde lang stand sie schweigend und sah ihn an.

»Du willst also nicht abreisen?« fragte sie noch einmal.

»Nein, ich reise nicht ab.«

Dann hob sie ihren Rock und ging über den Hof nach dem Haupthause.

Der Kutscher trat in seine Wohnung zurück und schloß die Tür mit einer heftigen Bewegung – wie man es hinter einem unwillkommenen Gast zu tun pflegt.

Krag sah die junge Dame die Stufen hinaufgehen, bald darauf wurde es hinter einigen Fenstern im Erdgeschoß hell.

Der Detektiv schlich auf den Fußspitzen zu dem Hause hin und stellte sich unter die erleuchteten Fenster. Ja, richtig, die junge Dame befand sich nun in diesem Zimmer.

Ganz in der Nähe lag die Küchentür. Krag versuchte sie zu öffnen, sie war jedoch verschlossen. Aus einem kleinen schwarzen Lederetui, das er stets bei sich hatte, nahm er ein paar feine, blinkende Werkzeuge heraus. Es waren die besten Einbruchswerkzeuge, und Krag war ein Meister in deren Anwendung. Nach weniger als zwei Minuten gab es einen Knacks in dem Schloß, und die Tür glitt langsam auf. Er befand sich in einem kleinen Flur. Rechts war eine Tür, die offenbar zur Küche führte. Vorsichtig öffnete er sie und trat ein. Er blieb eine Weile unbeweglich in dem tiefen Dunkel stehen. Darauf zog er seine Blendlaterne aus der Tasche. Richtig, er stand in der Küche. Aber wie sollte er nun in die Wohnung der jungen Dame gelangen, ohne Lärm zu machen und die übrigen Hausbewohner zu wecken? Er schlich durch einige Türen und befand sich plötzlich zu seinem größten Staunen in dem Haupteingang einer geräumigen Halle. Hier blieb er ein Weilchen stehen, um sich zu orientieren. Nur noch ein Zimmer konnte ihn von den Räumen des jungen Mädchens trennen. Er wollte soeben wieder eine Tür öffnen, als er rasche Schritte von drinnen vernahm.

Er zog sich in einen Winkel der Halle zurück, die Tür ging auf, und die Gestalt der jungen Dame hob sich deutlich von dem matten, aus einem benachbarten Zimmer strömenden Licht ab. Sie sagte:

»Ist hier jemand? Bist du es, Hanna?«

Da sprang Krag hervor, rasch wie der Blitz, preßte mit der einen Hand ihr Handgelenk, mit der anderen ihren Mund, so daß sie nicht schreien konnte. Er fühlte, wie sie vor Entsetzen zitterte.

»Fürchten Sie nichts, Fräulein«, flüsterte er. »Seien Sie ganz ruhig. Ich tue Ihnen nichts. Aber ich muß Sie sprechen. Wenn Sie schreien, geht es Ihnen schlecht. Ich weiß, wer der Mann in der Kutscherwohnung ist.«

Damit ließ er sie los.

In furchtbarer Erregung lief sie zu dem Zimmer zurück und starrte Asbjörn Krag mit erschrocknen Blicken an.

»Wer sind Sie?« flüsterte sie.

»Das kann ich Ihnen vorläufig noch nicht sagen. Gestatten Sie übrigens, daß ich eintrete? Dann können wir besser miteinander reden.«

»Sie sind also kein Einbruchsdieb?«

»Nein, ich bin Polizist.«

Sie wurde bleich wie der Tod und lehnte sich an den Türpfosten. Aber rasch nahm sie sich zusammen und ließ Krag herein.

Sie befanden sich in einem großen Zimmer, dessen Fenster nach dem Hof und der Kutscherwohnung führten. Eine kleine elektrische Lampe strömte ein angenehmes Licht aus. Die Vorhänge waren zugezogen. Das Zimmer war außerordentlich elegant und geschmackvoll eingerichtet.

»Sie sind Polizist?« flüsterte die Dame. »Wie heißen Sie?«

»Asbjörn Krag.«

Entsetzt sah sie ihn an, beherrschte sich jedoch rasch. Sie hatte sich nunmehr in ihrer Gewalt.

»Wissen Sie denn, in wessen Haus Sie hier eingedrungen sind?« fragte sie streng.

»Ja, eben erst wurde ich mir darüber klar«, erwiderte Krag. »Ich befinde mich bei Konsul X. Hoffentlich habe ich den Konsul, einen der bekanntesten Männer unserer Stadt, nicht in seiner Nachtruhe gestört.«

»Ich bin die Schwester des Konsuls«, antwortete die Dame.

Krag verbeugte sich.

»Wissen Sie,« fuhr sie fort, »daß Sie den Versuch machen, in ein Familiengeheimnis einzudringen, das Sie weder als Polizist, noch als Mensch etwas angeht?«

»Ich tat nur meine Pflicht.«

»Und was wollen Sie von mir?«

»Ich will Sie einen Augenblick sprechen.«

»Weshalb?«

»Wegen des Verbrechers dort drüben«, und er wies nach der Kutscherwohnung.

Wieder fuhr die Dame zusammen. Plötzlich trat sie an eine Lampe mit rotem Schirm und wollte sie anzünden.

»Hier ist zu wenig Licht«, flüsterte sie.

Asbjörn Krag aber hielt sie rasch zurück.

»Nein, lassen Sie das. Ich kenne die Signale auch. Zünden Sie nicht das rote Licht an, mein Fräulein.«

XII.

Das junge Mädchen erschrak von neuem.

»Sie werden mich doch wohl nicht daran hindern wollen, in meiner eigenen Wohnung Licht zu machen!« rief sie aus.

»Sie können tun, was Sie wollen, sobald ich fort bin«, antwortete Krag ruhig. »Aber solange ich hier bin, müssen Sie meine Anordnungen befolgen.«

»Und wenn ich es nicht tue?«

»So ist es um so schlimmer für Sie und für den dort drüben.«

In größter Unruhe ging sie ein paarmal durch das Zimmer.

»Was soll ich also tun?« fragte sie endlich.

»Ohne Vorbehalt auf meine Fragen antworten.«

»Verächtlicher Spion!« zischte sie, und ein tiefes Rot überzog ihre Wangen. »Wer bürgt mir dafür, daß Sie nicht ein ganz gemeiner Erpresser sind?«

»Darüber können Sie denken, wie Sie wollen«, antwortete Krag und setzte sich in einen Sessel. »Sind wir also nun einig, Fräulein?«

Sie sah ihn einen Augenblick an.

»Sie sind unerbittlich?« fragte sie.

»Ja, ich bin unerbittlich.«

Sie setzte sich ihm gegenüber an den Tisch und spielte nervös an einer Visitenkartenschale.

»Fragen Sie, und ich werde Ihnen antworten. Aber vergessen Sie nicht, daß meine Angehörigen wenige Zimmer von hier schlafen.«

»So werden Sie einsehen, daß es am vernünftigsten ist, recht leise zu sprechen.«

Sie biß sich auf die Lippen. Krag bemerkte, daß es ihr wieder schwer wurde, sich zu beherrschen.

»Sagen Sie mir zunächst; wer ist der Mann in der Kutscherwohnung drüben?« fragte er.

»Unser Kutscher.«

»Wie heißt er?«

»Ludwig Bjerke. Wie Sie sehen, bereits ein älterer Mann. Aber noch immer ein sehr tüchtiger Kutscher.«

»Wann kam er in Ihr Haus?«

»Vor drei Monaten.«

»Und vorher war er noch nie hier?«

»Nein.«

»Wie konnte ein so vertrauliches Verhältnis zwischen ihm, dem Kutscher, und Ihnen, der Schwester des Konsuls entstehen?«

»Es besteht kein vertrauliches Verhältnis zwischen uns.«

»Ich habe vorhin Ihr Gespräch belauscht.«

Sie warf ihm einen verächtlichen Blick zu.

»Gott, sind Sie gemein!« rief sie aus.

Krag lächelte.

»Ein Polizist darf keine Skrupeln haben«, sagte er. »Sie sehen also ein, mein Fräulein, daß Sie mir wahrheitsgetreu antworten müssen – und rasch.«

»Nun wohl, so will ich einräumen, daß ich Beziehungen zu dem Kutscher habe, von denen meine übrige Familie nichts wissen darf. Ich ... liebe nämlich seinen Sohn.«

Krag blickte erstaunt auf.

»Wirklich? Und wo befindet sich dieser junge Mann?«

»Er wohnt an einem anderen Ende der Stadt. Meine Angehörigen erlauben nicht, daß er hierher kommt.«

»Und der Kutscher, sein Vater, weiß von diesen Beziehungen?«

»Ja. Er ermöglicht unsere Zusammenkünfte und vermittelt Briefe zwischen uns.«

»Wann wollen Sie heiraten?«

»Sobald ich mündig bin, in einem Jahr.«

»Höchst interessant«, murmelte Krag. »Damit also wollen Sie Ihre Vertraulichkeit mit dem alten Manne erklären. Er ist Ihr zukünftiger Vater?«

»Ja, und weiter habe ich Ihnen nichts zu erzählen.«

»Aber das befriedigt mich nicht.«

Asbjörn Krag erhob sich. Er war merkwürdig bewegt, die Verzweiflung der jungen Dame rührte ihn. Er nahm ihre Hand und sagte:

»Liebes Fräulein, ich will Ihnen wohl. Sie sollten sich mir völlig anvertrauen, dann könnten wir vielleicht einen Weg finden, um den Mann da drüben zu retten.«

»Ich sagte Ihnen alles, was ich weiß«, erwiderte sie zitternd.

»Sie haben nicht gut lügen gelernt«, meinte Krag.

»Lügen?«

»Ja. Glauben Sie denn, ich wüßte nicht, daß alles, was Sie mir soeben erzählten, vom ersten bis zum letzten Wort erlogen ist?«

Das Mädchen fuhr zusammen, beherrschte sich jedoch rasch wieder.

»Wenn Sie alles so gut wissen, warum befragen Sie mich dann?« flüsterte sie.

»Ich weiß nicht *alles*.«

Du erhob sie sich schnell. Sie war aufs höchste erschrocken.

»Was wissen Sie?«

»Unter anderem weiß ich, daß der Mann drüben nicht Kutscher ist. Er hat auch keinen Sohn, den Sie lieben. Dagegen steht er in Verbindung mit dem Abschaum Kristianias. Er ist selbst ein schwerer Verbrecher.«

Entsetzt eilte die junge Dame zur Tür und lauschte, als fürchte sie, daß jemand Krags letzte Worte gehört haben könnte.

»Es ist nicht möglich, daß er ein Verbrecher ist,« flüsterte sie, »es kann nicht möglich sein. Wessen beschuldigt man ihn denn?«

»Des Diebstahls.«

»O Gott!« rief sie aus. Doch Krag las in ihren Zügen, daß sie noch etwas anderes erwartet hatte.

»Aber auch des Mordes«, fügte er hinzu.

Sie wurde bleich wie der Tod.

»Sie haben doch ohne Zweifel gelesen, daß in diesen Tagen ein junges Mädchen ermordet wurde, nicht wahr?« fragte Krag.

»Wie ich hörte, ist es nicht ganz sicher, man vermutet, daß es ein Selbstmord gewesen sei«, wandte sie ein.

»Ich kann Ihnen bestätigen, daß es ein Mord war. Ich besitze das Signalement des Mörders.«

»Und das paßt auf den Kutscher?«

»Der Mörder ist ein älterer, etwas graugesprenkelter Mann aus gebildeten Kreisen. Er trägt einen Rock mit langem Schoß, einen breitrandigen Hut und hat einen Elfenbeinstock in der Hand.«

Bei den letzten Worten erzitterte die junge Dame wieder.

»Und dieser Mann ist der Kutscher, niemand anderes«, fuhr der Detektiv fort. »Er führt ein merkwürdiges Doppelleben. Wie Sie sich denken können, wäre es eine Kleinigkeit für mich, ihn festzunehmen. Aber es liegt mir viel daran, dem Geheimnis, das dahinter liegt, auf den Grund zu gehen. Und dazu befinde ich mich jetzt auf gutem Wege. Doch fürchte ich, daß all meine Chancen verloren gehen könnten, wenn ich ihn ohne weiteres verhaftete. Das hieße allen den Mund schließen. Außerdem fehlt es mir noch an vollgültigen Beweisen. Wie Sie sehen, mein Fräulein, bin ich vollkommen aufrichtig gegen Sie. Ich ahne den ganzen Zusammenhang, und ich werde Ihr Haus nicht verlassen, ehe ich alles erfahren habe.«

Krag setzte sich wieder in seinen Sessel, der mit der Lehne zur Tür stand.

»Soll ich nicht meine Angehörigen herbeirufen?« fragte das junge Mädchen, das wieder ihm gegenüber Platz genommen hatte.

»Die Sache betrifft ja nicht mich allein.«

»Das würde wahrscheinlich gleichzeitig eine Warnung für den Kutscher in seiner Wohnung drüben sein. Daher muß ich davon absehen.«

»So will ich Ihnen allein alles erklären. Jedoch unter einer Bedingung.«

»Und welche wäre das?«

»Daß Sie dem Manne dort drüben Gelegenheit geben, zwei Minuten mit sich allein zu sein, nachdem alles enthüllt ist.«

»Also Selbstmord«, murmelte Krag. »Ist das Geheimnis so entsetzlich?«

»Ja, so entsetzlich ist es. Es stimmt, was Sie sagen: der Kutscher und der Mann mit dem Elfenbeinstock sind ein und dieselbe Person. Wenn er mit dem Elfenbeinstock ausgeht, nennt er sich Brandt, wenn er Kutscher ist, heißt er Ludwig Bjerke. Keiner dieser beiden Namen ist sein richtiger.«

Krag hatte bemerkt, daß die Dame in den letzten Minuten ruhiger geworden war. Ja, schimmerte nicht etwas wie ein kleiner Triumph in ihren Augen?

»Aber welches ist dann sein richtiger Name?« fragte er.

»Ja, wenn Sie das wüßten, so wüßten Sie das ganze Geheimnis.«

Ihre ruhige, überlegene Antwort verblüffte Krag einen Augenblick. Plötzlich aber glaubte er in ihrem Gesicht zu lesen. Rasch wie ein Blitz sprang er von seinem Sessel empor und wandte sich zur Tür. Die Dame lachte auf und sagte höhnisch:

»Sie vergessen doch die Signale!«

In der Tür stand hoch und ernst der Mann mit dem Elfenbeinstock. Unhörbar war er eingetreten. Mit einem bösen Blick sah er Krag an. In der Hand hielt er einen Revolver.

Krag zuckte zusammen. Nun waren die Rollen vertauscht. Er begriff, daß er sich in der Gewalt dieses Mannes befand.

XIII.

Der Detektiv erwartete jeden Augenblick, daß der Mann mit dem Elfenbeinstock den Revolver erheben und ihn niederschießen werde wie einen Hund. Er war einen Moment fest überzeugt, daß er eine sichere Beute des Todes sei. Indem er ein paar Schritte beiseite trat, brachte er den Tisch zwischen sich und den Angreifer.

Die junge Dame war verschwunden. Doch hatte Krag das Gefühl, daß sie sich in dem Nebenzimmer befinden müsse.

Der Mann mit dem Elfenbeinstock verfolgte mit glühenden Blicken jede seiner Bewegungen. Wie ein Raubtier stand er da, das auf seine Beute lauert.

Nun hob er die Waffe. Krag wußte, daß nur der äußerste Grad von Kaltblütigkeit ihn retten konnte. Er setzte sich ruhig auf einen Stuhl im hellen Lampenlicht, lachte höhnisch der Revolvermündung entgegen und sagte:

»Wie dumm Sie sind.«

Der andere wurde stutzig, hielt aber nach wie vor die Waffe in der Richtung von Krags Kopf.

»Sie kennen mich nicht«, fuhr Krag fort. »Glauben Sie, ich hätte mich ohne Schutz in die Höhle des Löwen begeben?«

»Ich habe Sie vollkommen in der Gewalt«, antwortete der andere in abstoßend grobem Ton.

»Ganz recht«, lachte Krag wieder. »Seien wir ehrlich gegeneinander. Ja, vorläufig haben Sie mich in der Gewalt. Sie können mich jeden Augenblick niederknallen. Aber was wäre die Folge davon? Vor dem Hause, im Garten und auf der Straße, sind mindestens fünfzehn Polizisten versammelt, die herbeistürzen, sobald sie den Schuß hören. Sie dürfen mir glauben, daß die Villa vollkommen umzingelt ist.«

»Ehe ich zugrunde gehe, sollen Sie sterben«, zischte der andere wutentbrannt.

»Nehmen Sie doch Vernunft an,« sagte Krag, »sprechen wir ruhig miteinander. Gestatten Sie, daß ich eine Zigarette rauche, und darf ich auch Ihnen eine anbieten?«

Krag faßte nach der Tasche, wurde aber mitten in der Bewegung aufgehalten durch des anderen Zuruf:

»Wenn Sie einen Finger rühren, schieße ich.«

Krag zog die Hand zurück.

»Ich spreche besser, wenn ich rauche,« sagte er gleichmütig, »nur deshalb wollte ich es.«

Allmählich gewann er seine ganze Ruhe zurück. Sollte er wirklich hier den Tod finden, so wollte er die letzten Augenblicke seines Lebens doch als ganzer Mann tragen. Immer gehässiger richtete sich der Blick des anderen auf ihn.

»Ich möchte Ihnen einen Vorschlag machen«, sagte Krag. »Aber zuvor will ich wissen, ob sie ihn anzuhören beabsichtigen, oder ob sie mich gleich niederzuschießen gedenken.«

Mit einem höhnischen Auflachen zog der Mann seine Uhr aus der Tasche.

»Ich gebe Ihnen noch zehn Minuten Zeit«, sagte er.

»Für alle Fälle?« fragte Krag. »Auch wenn mein Vorschlag annehmbar ist?«

»Ja, auch wenn Ihr Vorschlag annehmbar ist.«

»Das sind harte Bedingungen«, bemerkte Krag lächelnd. »Aber auch zehn Minuten sind wertvoll. Ich bitte Sie also, mich anzuhören.«

»So sprechen Sie. Aber rasch.«

»Sie haben also den Mord an dem jungen Mädchen begangen.«

»Wer weiß das?«

»Ich«

»Ph! In zehn Minuten ist dieser Zeuge von der Erde verschwunden.«

»Aber meine Aufzeichnungen liegen wohlverwahrt auf der Polizei. Der Chef kennt die ganze Angelegenheit.«

»Tut nichts. Ich brauche nur Zeit. Innerhalb vierundzwanzig Stunden bin ich längst über die Grenze. Was haben Sie mir sonst noch vorzuschlagen?«

»Ich gebe Ihnen die Möglichkeit, Selbstmord zu begehen«, sagte Krag sehr ernst.

Der andere lachte laut auf. Krag aber fuhr unbeirrt fort:

»Wenn Sie mich hier erschießen, werden Sie binnen wenigen Minuten von den herbeieilenden Polizisten übermannt sein. Und dann wird nicht nur der Mord an dem Mädchen geahndet, sondern auch der an mir. Außer Ihnen werden alle Hausbewohner verhaftet, auch die junge Dame, die soeben hier war.«

Krag bemerkte, daß dieses letzte Wort nicht ohne Eindruck auf den Mann blieb.

»Wagen Sie es, sie zu berühren!« rief er aus.

»Sie wird als Mitschuldige festgenommen werden«, sagte Krag. »Wir haben sie schon lange im Verdacht. So sehen Sie also, welchen Dingen Sie sich und andere aussetzen.«

»Und was soll ich nach Ihrer Meinung tun?« fragte der Mann höhnisch.

»Ich gebe Ihnen mein Ehrenwort darauf, daß ich eine ganze Stunde lang nichts gegen Sie unternehmen will, wenn Sie mir die Waffe geben, die Sie in der Hand haben.«

»Und ich?«

»Sie können während dieser Stunde tun, was Sie wollen.«

»Kann ich das Haus gemeinsam mit der jungen Dame unbehindert verlassen?«

Krag überlegte.

»Nein,« sagte er dann, »das geht nicht. Das Haus dürfen Sie nicht verlassen. Doch sonst können Sie tun, was Sie wollen.«

»Sie jagen mich also in den Tod?«

Krag zuckte die Schultern. Er war namenlos gespannt. Doch zugleich erkannte er, daß er durch sein ruhiges Auftreten an Boden zu gewinnen begann.

»Es wäre ja lächerlich, wenn ich auf Ihren Vorschlag einginge. Etwas anderes wäre es, wenn Sie mich gehen ließen und mir eine Stunde Vorsprung gäben.«

»Sie würden ja doch nicht an meinen Leuten vorüberkommen, die das ganze Haus umringen.«

In diesem Augenblick vernahm man in der Stille der Nacht eine Tür sich öffnen und schließen. Gleich darauf näherten sich Schritte. Die Portieren glitten zur Seite, und das junge Mädchen stand auf der Türschwelle. Sie war entsetzlich bleich. Krag sagte sich, daß ihr Wiedererscheinen nichts Gutes bedeutete.

Es dauerte eine Weile, ehe sie sprechen konnte. Dann sagte sie, zu dem Manne mit dem Elfenbeinstock gewandt:

»Der Herr dort lügt. Nicht ein einziger Polizist befindet sich in der Nähe.«

»Stimmt das auch, Lina?«

»Unbedingt. Ich habe selbst soeben den Hof und den Garten, wie auch die Straße ringsum untersucht.«

»So geh in dein Schlafzimmer, und laß mich weiter mit dem Manne hier unterhandeln. Er interessiert mich.«

Er hob den Revolver wieder in die Richtung von Krags Kopf.

Die junge Dame verließ leise das Zimmer, indem sie Krag einen letzten Blick zuwarf, einen Blick voller Verachtung und Mitleid zugleich. Krag nickte höflich und sagte liebenswürdig:

»Gute Nacht, Fräulein.«

Der Mann mit dem Elfenbeinstock lachte heiser und zeigte seine leuchtenden Raubtierzähne.

»Sie sind doch ein Teufelskerl«, sagte er. »Sie wären der rechte Mann für mich gewesen. Aber nun sollen Sie keine Gelegenheit mehr finden, sich in meine Dinge einzumischen. Sieben Minuten sind bereits vorüber.«

»Also noch drei Minuten,« sagte Krag ruhig wie zuvor, »und ich bin gewesen.«

»Ganz recht. Der Schuß wird keine Aufmerksamkeit erregen. Die junge Dame und ich sind allein im ganzen Hause. Die Dienerschaft und die Umwohnenden sind an meine Extravaganzen gewöhnt. Sie hatten sich wahrscheinlich hinten an meinen Wagen gehängt, also weiß keiner von Ihren Kameraden, wo Sie sich befinden. Man wird den ganzen Tag nach dem berühmten Detektiv Asbjörn Krag suchen. Doch finden wird man ihn nie. Ich will schon für seine Leiche sorgen.«

»Geben Sie mir den Revolver!« rief Krag.

»Hahaha! Sie sind spaßig bis zu Ihrem letzten Augenblick.«

»Wenn Sie mir nicht den Revolver geben, so ...«

»Nun, so ...?«

»So bin ich gezwungen, ihn Ihnen fortzunehmen.«

»Nur noch anderthalb Minuten. Wollen Sie nicht ein letztes Gebet sprechen? Das würde ich an Ihrer Stelle tun.«

Die beiden Widersacher saßen sich an dem Tisch gegenüber. Krag zunächst der Lampe. Auf dem Tisch lag die Uhr und tickte. Jede Sekunde brachte ihn dem verhängnisvollen Moment näher.

»Wieviel Zeit habe ich noch?« fragte er.

Der andere beugte ein wenig den Kopf und sah auf die Uhr.

»Eine halbe Minute ...«

In diesem Augenblick glitt Krag rasch wie ein Aal unter den Tisch, hob ihn mit beiden Händen und warf ihn gegen seinen Feind. Die Lampe fiel zu Boden, die elektrische Birne zerbrach, und das Zimmer lag in tiefer Dunkelheit. Er hörte einen Fluch und einen Schuß und fühlte, daß eine Kugel seinen Arm streifte. Er sprang zur Verandatür und schlug sie mit einem Fußtritt auf, daß die Sprossen und Scherben nur so tanzten. Einen Augenblick später war er von der Veranda in den Garten hinuntergesprungen.

XIV.

Einen Moment lang stand der Detektiv da und sah sich um.

Wohin sollte er sich wenden?

In dem Gartenzimmer hörte er den Mann mit dem Elfenbeinstock fluchend auf die Glasscherben treten. Ein Schuß wurde abgefeuert, und eine Kugel schlug mit einem leisen Krach in einen Baum in seiner Nähe.

Aber nun hatte Krag den Weg entdeckt und stürzte weiter, so rasch seine Füße ihn trugen. Wie ein Besessener schrie der Mann von oben:

»Der Bluthund, zum Donnerwetter! Der Bluthund!«

Der Detektiv eilte den Kiesweg hinan, durch Büsche und Sträucher, ohne sich darum zu kümmern, daß Zweige und Dornen ihm Gesicht und Hände blutig rissen. Hinter sich auf dem Hof vernahm er ein wütendes Knurren und lautes Gebell. Schnaubend kam der Bluthund herbeigestürzt, begleitet von den Flüchen und Rufen des rasenden Mannes. Doch schon war Krag über den Zaun und auf der Straße unten. Er lief zur nächsten Ecke, wo er um diese Zeit einen patrouillierenden Schutzmann wußte. Zum Glück fand er deren zwei, die sich soeben begegnet waren und im Gespräch miteinander standen. Erschrocken sahen sie den Detektiv heraneilen, den sie sofort erkannten. Er rief einem von ihnen zu:

»Laufen Sie, so rasch Sie können, im ganzen Viertel umher und suchen Sie den dort patrouillierenden Schutzmann. Sagen Sie ihm, er solle sofort nach dem Villengarten des Konsuls X. kommen. Und dann eilen Sie weiter, sammeln Sie alle Schutzleute, deren Sie habhaft werden können, und geben Sie allen die gleiche Anweisung. Darauf gehen Sie nach der Hauptstation, wo Sie weitere Befehle erhalten werden. Aber rasch! Rasch!«

Der andere lief die Straße hinab.

»Sie folgen mir«, sagte Krag dann zu dem zurückbleibenden Schutzmann.

Der Detektiv sah sich um. Gleich an der Ecke befand sich ein großes Geschäft mit zwei Schaufenstern. Ohne sich zu besinnen, ging Krag hin und zertrümmerte eine der Spiegelscheiben durch einen heftigen Fußtritt.

Der Schutzmann schrie laut auf vor Schreck.

Krag aber bahnte sich den Weg durch die Scherben in das Innere des Ladens.

»Not kennt kein Gebot«, murmelte er vor sich hin. »Ich muß ans Telephon.«

Er fand das Kontor, öffnete es und trat ein. In diesem Augenblick zeigte sich ein entsetztes, totenbleiches Gesicht in der gegenüberliegenden Tür. Es war der Inhaber selbst, dessen Privatwohnung an das Geschäftslokal grenzte. Er war sehr mangelhaft bekleidet, doch zum Ersatz hielt er eine Feuerzange in der Hand.

»Es ist die Polizei, Herr«, rief Krag ihm zu. »Wo haben Sie Ihr Telephon?«

»Räuber, Diebe!« schrie der Kaufmann zitternd und stellte sich Krag mit erhobener Feuerzange in den Weg.

Krag schob ihn sanft beiseite, und da nun auch der uniformierte Schutzmann sichtbar wurde, beruhigte sich der Geschäftsinhaber.

Krag ging rasch an das Telephon, ließ sich mit der Polizei verbinden und den Chef heranrufen.

»Hier Asbjörn Krag. Wieviel Mann haben Sie zur Verfügung?«

»Zehn.«

»Schicken Sie sie sofort im Wagen nach der Villa des Konsuls X.«

»Schön. Um was handelt es sich?«

»Um den Mann mit dem Elfenbeinstock.«

»Befindet er sich in der Villa?«

»Ja.«

»Gut. Ich werde selbst mitkommen.«

Die beiden Polizisten verließen den Laden, ohne sich um den Kaufmann zu kümmern, der neben seiner zerschlagenen Scheibe stand und laut jammerte.

Inzwischen liefen die beiden zur Villa zurück. Die Dunkelheit begann nun einer matten Dämmerung zu weichen. Das Haus aber lag in tiefer Finsternis. Weder in dem Haupthause noch in der Kutscherwohnung brannte Licht. Totenstille herrschte überall.

Krag wollte eben über das Gitter klettern, als er entdeckte, daß die Tür offen stand.

Da entschlüpfte ein Fluch seinen Lippen.

»Es ist also sofort jemand aus dem Hause gegangen, nachdem ich es verlassen hatte«, murmelte er. »Ein Streichholz!« rief er dann dem Schutzmann zu.

Krag entzündete die ganze Schachtel, die hell aufflammte und eine Art Fackel bildete. Mit deren Hilfe untersuchte er die Spuren, die aus dem Garten führten. Diese Untersuchung währte nur eine knappe Minute, denn die feuchte Erde trug deutliche Kennzeichen. Er verfolgte sie ein Stück über die Straße. Plötzlich sagte er zu dem Schutzmann:

»Ich muß fort. Wenn der Chef mit der Mannschaft kommt, sagen Sie ihm, daß ich wieder zurückkehre, er möchte mich hier erwarten. Er solle alle Ausgänge besetzen lassen, die von dem Garten auf die Straße führen, so daß keine lebende Seele entschlüpfen kann – nicht einmal ein Hund darf entkommen, hören Sie? Der Chef möchte hinaufgehen in die Villa und alle festhalten, die sich dort befinden, aber keinerlei Verhaftung vornehmen. Haben Sie mich auch verstanden?«

»Ja,« antwortete der Schutzmann, »ich habe Sie verstanden.«

XV.

Einen Augenblick später war Krag um die nächste Straßenecke verschwunden. Der Schutzmann beobachtete erstaunt, daß er beständig seine Stiefel und den Boden vor sich interessiert betrachtete.

Nun kamen die ersten Schutzleute herbei und gleich darauf auch der Patrouillenwagen. Die Pferde schäumten und dampften vor Schweiß.

Der Schutzmann übergab dem Chef Krags Anweisungen, und dieser beeilte sich, sie auszuführen. Im Garten wurden überall Posten aufgestellt, mit der Order, ihre Waffen bereit zu halten. Denn die Anordnungen bewiesen, daß Gefahr im Verzuge war.

Der Chef selbst begab sich darauf mit drei Schutzleuten in die Villa. Als ihre schweren Schritte auf den Fliesen erschollen, wurde im Hause Licht gemacht. Der Chef trat ein und fand die junge Dame in Gesellschaft eines älteren, graubärtigen Mannes, offenbar eines Dieners.

Das Mädchen war verhältnismäßig ruhig, doch fiel dem Chef ihre entsetzliche Blässe und ihre verweinten Augen auf.

»Sind Sie wieder da?« fragte sie, indem sie die Tür zum Salon weit öffnete. »Bitte, wollen die Herren nicht eintreten?« fuhr sie fort.

Zwei Schutzleute blieben in der Halle zurück. Ein Beamter in Zivil folgte dem Chef in das Zimmer. Dieser verbeugte sich höflich vor der Dame und sagte:

»Ich bin der Chef der Kristianiaer Kriminalpolizei. Wie ich sehe, befinde ich mich in der Villa des Konsuls X. Ist der Zerr Konsul selbst zu sprechen?«

»Nein,« antwortete das junge Mädchen, »mein Bruder befindet sich mit seiner Frau auf einer Reise im Ausland. Außer mir, seiner Schwester, und dem alten Diener dort ist niemand in der Villa.« Sie sah sich um, als suche sie etwas.

»Ist er nicht mit – der andere?« fragte sie darauf.

»Asbjörn Krag meinen Sie? Nein, aber ich erwarte ihn.«

»Wissen Sie, wo er ist?«

»Ich weiß es nicht. Doch ich verlasse mich auf ihn. Er ist unser bester Detektiv.«

Es fiel ihm auf, daß die Dame nun unruhiger wurde.

»Ihr bester Detektiv«, murmelte sie. »Wirklich? Wollen Sie einmal sehen, wie er hier in unserer friedlichen Villa verfahren ist?«

Sie öffnete die Tür zum Gartenzimmer.

Der Chef trat ein und blieb erschrocken stehen, als er die furchtbare Unordnung hier gewahrte. Der Tisch und mehrere Stühle lagen auf dem Boden, ein prachtvoller Kandelaber war zertrümmert. Die Tür war aus den Angeln gehoben, mehrere Scheiben lagen in Scherben.

»Wer hat denn hier gehaust?« fragte er.

»Ihr bester Detektiv, wie Sie ihn nannten, Herr Asbjörn Krag«, antwortete die Dame.

»Ist er etwa durch diese Tür gesprungen?«

»Ja.«

»Nun begreife ich,« antwortete der Chef, »daß Asbjörn Krag in Lebensgefahr geschwebt haben muß. Es sieht ihm sonst nicht ähnlich, Tische und Stühle umzuwerfen und Türen in Stücke zu schlagen.«

»Dort saß er«, sagte die Dame und wies auf einen umgestürzten Stuhl.

»Und wer saß da?« fragte der Chef und zeigte auf bis andere Seite des Tisches.

»Er«, antwortete sie.

Der Chef sah sie bedeutungsvoll an.

»Wen meinen Sie?« fragte er.

»Ihn, den Sie jagen wie ein wildes Tier.«

»Ach so, den Mann mit dem Elfenbeinstock.«

»Sie mögen ihn getrost so nennen.«

Das junge Mädchen zeigte in den Garten hinaus, in dem man in dem zunehmenden Morgengrauen bereits einige Stahlhelme unterschied.

»Gott, wie viele Schutzleute!« Sie schauderte.

»Sie bewachen die Villa«, erklärte der Chef. »Hier entkommt niemand. Hält sich der Mann mit dem Elfenbeinstock noch immer im Hause auf?«

»Nein, er ist fort, verschwunden.«

»So verstehe ich auch Krags Fernbleiben.«

»Was meinen Sie damit?«

»Krag verfolgt natürlich den Mann mit dem Elfenbeinstock.«

»Er wird ihn *niemals* finden.«

»Er wird ihn finden«, erwiderte der Chef.

XVI.

Er öffnete die Tür vollends und trat hinaus. Es war nun bereits so hell, daß er die Umgebung deutlich unterscheiden konnte. In der Erde unten sah er zwei tiefe Spuren und dachte sich: hier ist also Krag hinuntergesprungen. Man konnte seine Fußtapfen über den ganzen Weg bis zum Zaun verfolgen. Aber wohin hatte er dann seine Schritte gelenkt?

Er rief den Schutzmann herbei, der ihm den Bericht von Krag überbracht hatte.

»Warum ist er so plötzlich fortgegangen?« fragte er.

»Ich weiß es nicht«, antwortete dieser. »Er fluchte wütend, als er ging. Er hatte unten an der Pforte etwas entdeckt.«

»Aha! Die Pforte stand also offen.«

»Ja.«

»Und was hat er dort entdeckt?«

»Das weiß ich auch nicht. Er beugte sich zu Boden und beleuchtete ihn mit einer ganzen Schachtel Streichhölzer. Dann fuhr er empor und ging langsam um die Ecke. Aber er blickte beständig auf seine Stiefel nieder.«

»Auf seine Stiefel? Sie sind wohl närrisch. Natürlich hatte er eine Spur entdeckt, und die verfolgte er.«

Der Chef kehrte zurück in das Zimmer und murmelte vor sich hin:

»So werden wir vielleicht lange auf ihn warten können.«

Das junge Mädchen ging mit fieberhafter Unruhe im Zimmer auf und ab. Sie hatte seine letzten Worte aufgefangen und sagte mit einem merkwürdigen leisen Lächeln:

»Ja, Sie werden vielleicht *zu* lange warten müssen.«

Der Chef sah sie an und fühlte sich plötzlich beklommen. Sehr ernst erwiderte er ihr:

»Sollte Asbjörn Krag etwas zugestoßen sein, gleichviel was, so wird er gerächt werden.«

»Glauben Sie wirklich, daß Sie etwas zu rächen haben?« rief die Dame erregt aus. »Oder wollen Sie mit Ihrer Polizeimannschaft ein wehrloses Mädchen anfallen?«

Der Chef antwortete ihr nicht. Doch seine Unruhe um Krag wuchs mehr und mehr. Die Untätigkeit peinigte ihn. Hier stand er nun in einem wildfremden Hause mit einer Abteilung Polizisten, einem für ihn noch immer undurchdringlichen Geheimnis gegenüber und konnte nichts beginnen. Inzwischen befand sich Asbjörn Krag vielleicht irgendwo in Lebensgefahr.

Er ging in das Nebenzimmer, in dem er vorhin einen Telephonapparat bemerkt hatte und läutete auf der Polizei an.

»Etwas Neues?« fragte er die Nachtwache.

»Nichts Besonderes«, lautete die Antwort. »Wir haben einen Arrestanten bekommen.«

»Welcher Art?«

»Es ist wohl ein ganz gewöhnlicher Strolch. Er führt den Spitznamen Bolzen.«

Der Chef war nahe daran, die Fassung zu verlieren.

»Den Bolzen?« fragte er erstaunt. »Aber das ist ja der Mann, dem Krag schon seit ein paar Tagen nachjagt.«

Die Nachtwache war offenbar nicht eingeweiht, denn die ruhige Antwort lautete:

»Ja, Asbjörn Krag hat ihn selbst vor wenigen Augenblicken eingeliefert.«

»Krag?«

»Ja, Krag selbst.«

Gott sei Dank, dachte der Chef. So ist er also außer Gefahr.

»Ist er wieder gegangen?« fragte er.

»Ja, eben ging er fort.«

»War er allein?«

»Ja. Nur einen Hund hatte er noch mit.«

»Einen Hund?!«

Bei diesem Ausruf vernahm der Chef aus dem Nebenzimmer, wo sich das junge Mädchen aufhielt, einen durchdringenden Schrei.

»Wie sah der Hund aus?« fragte er am Telephon.

»Ein gelbes, großes Tier mit blutunterlaufenen Augen – ein garstiges Vieh. Krag mußte ihn an der Kette halten.«

»Sagte der Detektiv, wohin er gehen wollte?«

»Nein.«

»Schien er Eile zu haben?«

»Nein, er ging ganz ruhig die Straße hinunter.«

»Sonst nichts zu melden?«

»Nein, nichts weiter.«

Der Chef läutete ab.

Als er in das Gartenzimmer kam, sah er die Dame schluchzend auf den Tisch lehnen. Er trat zu ihr und sagte:

»Liebes Fräulein, was kann ich für Sie tun? Sie scheinen sehr unglücklich zu sein.«

Ein heftiges Weinen schüttelte ihren ganzen Körper, sie war keines Wortes mächtig.

»So ist es also geschehen«, flüsterte sie endlich.

»Was ist geschehen?«

Es war keine rechte Antwort aus ihr herauszubekommen, ihre Gedanken schienen in weiter Ferne zu weilen.

»Es muß vorbei sein,« murmelte sie, »der Hund – o, sicher ist es aus ...« Der Schmerz überwältigte sie von neuem. Plötzlich hob sie den Kopf, sah den Chef an und sagte:

»O, ich habe so fürchterlich gelitten in dieser Zeit.«

»Wollen Sie mir nicht lieber alles erzählen?« fragte er. »Sie wissen ja, es hat keinen Zweck, vor uns etwas verbergen zu wollen.«

»Ich habe nichts zu erzählen. Machen Sie mit dem Hause, was Sie wollen. Ich gehe fort.«

Sie wollte das Zimmer verlassen. Der Chef hielt sie jedoch zurück.

»Ich bedaure,« sagte er, »daß ich Ihnen hierzu keine Erlaubnis geben kann, ehe Asbjörn Krag wieder hier ist.«

Sie wies in den Garten hinunter.

»Sehen Sie,« sagte sie, »da kommt er.«

Der Chef warf einen Blick in den Garten und hätte beinahe einen lauten Freudenruf ausgestoßen. Er sah Asbjörn Krag ruhig den breiten Kiesweg heraufkommen. An der Hand hielt er einen großen gelben Hund an der Kette.

Der Detektiv schritt dem Hause zu. Die Schutzleute scharten sich lächelnd um ihn und machten Honneur. Ohne sich um diese stille Ovation zu bekümmern, ging Krag ruhig weiter. Er war sehr beliebt bei seinen Untergebenen, und alle freuten sich, ihn wohlbehalten wiederzuhaben.

Der Chef begriff, daß Krag das Geheimnis enthüllt und seine Arbeit in dieser rätselhaften Angelegenheit vollbracht hatte. Er öffnete die Tür und drückte dem Eintretenden warm die Hand.

Dieser gab den Hund frei, der, munter kläffend, auf die junge Dame zu stürzte.

»Ich freue mich, Sie wiederzusehen«, sagte der Chef. »Ich war bereits ein wenig besorgt um Sie.«

»Nun, seitdem wir uns zum letztenmal sprachen, befand ich mich auch zweimal in größter Lebensgefahr«, antwortete Krag.

»Zweimal?«

»Ja. Erst in diesem Zimmer hier. Und dann vor nun einer halben Stunde.«

Der Chef betrachtete ihn genauer. Und er sagte sich, daß er Asbjörn Krag noch nie so ernst gesehen hatte.

Der Detektiv trat zu der jungen Dame und begrüßte sie respektvoll.

»Es tut mir innig leid, mein Fräulein,« sagte er, »daß ich Ihnen all dieses Leid bringen mußte. Aber es ging nicht anders.«

Sie hob die tränengefüllten Augen und antwortete:

»So kann ich mir denken, daß alles vorbei ist.«

»Ja, alles ist vorbei.«

»Ist er tot?«

»Ja.«

»Dann kann ich wohl gehen«, stammelte sie.

»Sie können gehen, wohin Sie wollen. Sie bedürfen jetzt der Ruhe. Morgen stehe ich Ihnen mit allen Aufklärungen zur Verfügung.«

Das junge Mädchen rief den grauhaarigen Diener herbei, der zu ihr trat und sie stützte. Langsam schwankte sie aus dem Zimmer. Der große gelbe Hund folgte ihr, wedelte mit dem Schwanz und beleckte ihre Hand.

Es war eine rührende Szene. Der Chef hatte Mühe, seine Bewegung zu unterdrücken.

»Auch ich bin müde«, sagte Krag, indem er einen Stuhl an den Tisch zog und sich setzte. »Wenn ich nun zur Ruhe komme, werde ich viele, viele Stunden schlafen.«

»Sie haben also das Rätsel gelöst?« fragte der Chef.

»Ja.«

»Steckte eigentlich ein bemerkenswertes Geheimnis dahinter?«

»O ja. Ich erhielt Einblick in eins der seltsamsten Geheimnisse, auf die ich je gestoßen bin.«

»Aber Sie hatten wohl bereits im voraus Ihre Ahnungen?«

»Absolut nicht. Ich war selten so überrascht. Erst im allerletzten Augenblick enthüllte sich mir das Ganze.«

»Haben Sie nun auch Klarheit darüber, wer der Mörder des jungen Mädchens ist?«

»Ja.«

»Und warum sie ermordet wurde?«

»Ja.«

»Und Sie wissen, wer der Mann mit dem Elfenbeinstock ist?«

»Auch das weiß ich.«

»Und Sie kennen die Bedeutung der mystischen Kreuze auf dem Stock und der Visitenkarte: ›Die Faust?‹«

»Ja, ich kenne sie nun.«

»So berichten Sie von Anfang bis zum Ende. Ich zittere vor Spannung.«

»Sie werden alles verstehen, wenn ich Ihnen erzähle, was ich in der letzten Stunde, nachdem ich die Villa verließ, erlebt habe.«

Und der Detektiv berichtete.

XVII.

»Als ich zur Villa hier zurückkam, sah ich sofort, daß ein Mann sie soeben verlassen hatte. Und ich sagte mir, daß es der Mann sein müsse, den ich suchte – der Mann mit dem Elfenbeinstock.«

»Der Schutzmann erzählte mir,« sagte der Chef, »Sie hätten, als Sie fortgingen, beständig auf Ihre beschmutzten Stiefel gesehen.«

»Ich fand eine Spur in der feuchten Erde,« lächelte Krag, »die Spur eines Tieres.«

»Des Hundes also«, murmelte der Chef.

»Ja, des Hundes. Ich sah ganz deutlich die Abdrücke seiner Pfoten und konnte sie die ganze Straße hinunter verfolgen. Es währte auch nicht lange, bis ich des Tieres selbst ansichtig wurde. Es folgte dem Manne mit dem Elfenbeinstock dicht auf den Fersen.«

»Er ging sehr rasch?«

»Ja, ziemlich, zu Beginn war er wohl gelaufen. Er ging zum Meere hinunter, und ich eilte ihm nach.«

»Zum Meere?«

»Ja. Dort unten angekommen, zog er ein Boot heran, das offenbar ihm selbst gehörte. Er löste es rasch, nahm den Hund mit an Bord und ruderte hinaus in den Fjord.«

»Und warf sich dann also über Bord?« fragte der Chef eifrig.

»Nein. Er ruderte, was Zeug und Leder hielt, in der Richtung der Akerselvmündung.«

»Und Sie?«

»Ich folgte ihm. Ich nahm das erstbeste Boot, zerbrach die Kette und ruderte hinterher.«

»Aber sah er Sie denn nicht?«

»Es war zwar noch ganz dunkel. Dennoch glaube ich, daß er mich sah.«

»Und Sie erkannte? Aber dann setzten Sie sich ja wieder einer Lebensgefahr aus.«

Asbjörn Krag zuckte die Schultern.

»Ich sage Ihnen ja, daß es noch dunkel war. Außerdem war ich bemüht, mich um mehr als einen Revolverschuß von ihm fern zu halten.«

»Und er blieb nicht stehen, um sich Ihnen zu nähern?«

»Nein. Es war ihm offenbar viel daran gelegen, so rasch wie irgend möglich über den Fjord zu kommen. Nachdem er eine gute halbe Stunde gerudert war, legte er bei einem der kleinen Bootsschuppen im Akerselv an. Ich ruhte einen Augenblick aus und betrachtete ihn im grauen Lichte der mittlerweile heraufgestiegenen Morgendämmerung. Sein Gesicht war aschfahl vor Wut. Ich erinnere mich nicht, je eine so unheimliche Physiognomie gesehen zu haben.«

»Und nun schoß er auf Sie?«

»Nein, er vertäute ganz ruhig sein Boot und ging mit dem Hunde an Land. Als ich sah, auf welchem Wege er sich entfernte, legte auch ich an und folgte ihm. Er wandte sich wiederholt um und sah mich an. Ich ging mit dem Revolver in der Hand.«

»Und er?«

»Auch er hatte seine Waffe in der Hand.«

»Und keiner von Ihnen schoß?«

»Nein. Keiner von uns schoß.«

»Wunderten Sie sich nicht darüber, daß er Sie nicht verhinderte, ihn zu verfolgen?«

»Anfangs ja. Doch dann begriff ich sein Verhalten. Er hatte natürlich eine Absicht dabei. Er wünschte, daß ich ihm folge, weil er mich sprechen wollte.«

»Ach so!«

»Er wollte mit mir unterhandeln. Dazu war ich bereit.«

»Sie hatten also ein Gespräch mit ihm?«

»Ja. Es kam auf ganz natürliche Weise. Als er die erste Straße der Vorstadt erreicht hatte, blieb er stehen. Den Revolver in der Hand, stand er da und sah mich an. Auch ich blieb stehen.

»Kommen Sie näher,« sagte er, »ich schieße nicht.«

»Binden Sie den Hund an«, rief ich zurück. Ein Baum stand in der Nähe. Er ging hin und band den Hund fest. Das Tier war im übrigen vollkommen ruhig. Ich hatte nun kein Bedenken weiter, mich ihm zu nähern. Ich merkte, daß er furchtbar erregt war. Als ich ihn erreicht hatte, gab er mir die Hand und sagte:

»Ich nehme Ihr Anerbieten an.«

»Ihr Anerbieten?« fragte der Chef erstaunt.

»Ja. Ich hatte ihm nämlich ein Anerbieten gemacht, als ich nachts um zwei Uhr waffenlos, hilflos und allein hier, wo ich jetzt sitze, vor seiner Revolvermündung saß.«

»Welches Anerbieten?« fragte der Chef.

»Ich bot ihm an, daß er mir sein fürchterliches Geheimnis mitteilen solle gegen die Erlaubnis, zehn Minuten Zeit zu bekommen, um Selbstmord begehen zu können.«

»Sie sind dummdreist, lieber Freund.«

»Dummdreistigkeit ist zuweilen meine Klugheit. Nun wohl, ich kam mit dem Leben davon. Und nun stand er also dort allein mit mir und wollte, wie er sagte, mein Anerbieten annehmen.«

»Und Sie gingen darauf ein?«

»Ja.«

»Und er erzählte Ihnen sein Geheimnis?«

»Nein. Er bat mich, ihm in eine Wohnung zu folgen, die er in diesem Teil der Stadt besitze. Wir befanden uns in einem sehr verrufenen Viertel. Ich folgte ihm jedoch. Als Beweis dafür, daß er es aufrichtig meine, ließ er den Hund an den Baum gebunden zurück.«

»Fanden Sie sein Benehmen denn nicht sehr verdächtig?«

»Ja. Ich war mir vollkommen klar darüber, daß er mir eine Falle stellen wollte. Aber ich wußte auch, daß es ihm nicht gelingen würde. Denn ich wußte, wohin er mich führen wollte.«

»Wirklich?«

»Es war mir ja bekannt, daß der Mann mit dem Elfenbeinstock einen gefährlichen Helfer besaß.«

»Den Landstreicher und Taschendieb, den Bolzen?«

»Stimmt. Und zu seiner Höhle sollte ich geführt werden. Er meinte wohl, einer Hilfe, einer zuverlässigen Hilfe zu bedürfen, um sich sicher und gefahrlos meiner entledigen zu können.«

»Und trotzdem gingen Sie mit ihm?«

»Ja. Wir kamen durch ein paar schmutzige Straßen und standen nach einigen Minuten vor der Höhle des Bolzen. Es war eine Kellerwohnung in einem der schlimmsten Häuser dort. Der Wann klopfte, und gleich darauf öffnete der Bolzen.

Mein Begleiter sagte:

»Gut Freund, sei ruhig.«

Und wir wurden sofort in die übelriechende, kaum beleuchtete Stube eingelassen. Als ich mich an das Dämmerlicht und die schlechte Luft gewöhnt hatte, sah ich, daß der Bolzen nicht allein war.«

»Waren etwa noch ein paar Kollegen bei ihm?«

»Nein, nur einer, auch ein berüchtigter Spitzbube.«

»Aber so hatten Sie ja noch einen Widersacher mehr.«

»Nein, er war mein Freund. Sie erinnern sich des Jens', den ich aus dem Gefängnis entfliehen ließ?«

»Ja, gewiß. Nun beginne ich zu verstehen.«

»Ich wußte durch unser Beisammensein am Abend, daß er mit dem Bolzen in dessen Wohnung gegangen war und wußte auch, daß er diesen glühend haßte, weil er ihn verraten hatte. Darum war ich dem anderen so ruhig gefolgt. Der Bolzen aber ahnte nichts von dem Übereinkommen zwischen uns beiden. Er hatte Jens mit sich genommen, um ihn vor der Polizei zu verbergen.

Als ich das Zimmer betreten hatte, stellte ich mich sofort mit dem Rücken an die Wand, denn ich erwartete einen Überfall. Und es dauerte auch nicht lange, bis er kam. Der Mann mit dem Elfenbeinstock rief triumphierend, indem er auf mich zeigte:

Dieser Mensch darf nicht lebend das Zimmer verlassen. Jetzt haben wir Sie sicher. Niemand hört hier Ihre Hilferufe.

Ich stand so, daß es mir unmöglich war, auf den einen zu schießen, ohne daß der andere über mich gekommen wäre. Schon wollte der Bolzen auf mich losspringen. Da rief ich, um meinen entwichenen Freund aufzumuntern:

»Das ganze Haus ist von Polizei umstellt.«

Der Bolzen war bereits an meiner Kehle. Wir wälzten uns auf dem Boden herum. Der Mann mit dem Elfenbeinstock suchte seinem Freunde zu Hilfe zu eilen, wurde jedoch durch Jens daran verhindert. Mit dem Bolzen allein, war es für mich das Werk eines Augenblicks, den kleinen Mann zu überwinden. Ich versetzte ihm einen Schlag, der ihn in eine tiefe Ohnmacht versenkte. Nun wandte ich mich zu den anderen beiden, die kämpfend in einem Knäuel auf der Erde lagen. Der Mann mit dem Elfenbeinstock hielt noch immer seinen Revolver in der Hand, konnte ihn jedoch nicht benutzen. Mit einem Blick schien er plötzlich die Hoffnungslosigkeit seiner Lage eingesehen zu haben, entwand sich dem Griff des anderen, richtete die Mündung der Waffe in den geöffneten Mund und drückte ab. Er starb sofort. – – –«

Asbjörn Krag machte eine Pause und fuhr sich mit der Hand über die Augen, als wolle er die Erinnerung an die traurige Begebenheit fortwischen.

»Was sich dann ereignete, ist rasch erzählt«, fuhr er darauf fort. »Ich schickte Jens nach dem Polizeiwagen. Als die Schutzleute eintraten, erwachte der Bolzen aus seiner Betäubung, und angesichts der Leiche des anderen gestand er alles.

Die Sache ist die, daß der Mann mit dem Elfenbeinstock, der vor einer halben Stunde Selbstmord beging, eigentlich schon *seit drei Jahren tot ist*«, sagte Krag vollkommen ernst.

Der Chef fuhr auf und sah ihn verblüfft an.

»Wenn ich Sie nicht so gut kennen würde,« sagte er, »müßte ich glauben, daß Sie scherzen.«

»Er starb vor drei Jahren und ist auf dem Malmöer Friedhof begraben. Das also war sein Geheimnis«, fuhr der Detektiv fort, unberührt von dem Ausbruch seines Chefs. Es klingt zwar wie der reinste Unsinn, und ich gebe zu, daß es recht abenteuerlich ist. Aber es gibt doch eine ganz natürliche Erklärung für dieses Abenteuer. Der Mann mit dem Elfenbeinstock ist der Vater der jungen Dame, mit der wir vorhin sprachen, also auch des Konsuls A., der sich mit seiner Frau auf Reisen befindet.«

»Der alte Großhändler X.!« rief der Chef aus. »Ja, Sie haben recht. Er starb vor drei Jahren in Schweden. Man munkelte damals, daß er sich das Leben genommen habe.«

»Wie Sie wissen, ging es vor etlichen Jahren mit ihm rückwärts«, fuhr Krag fort. »Er war dann ins Ausland gegangen und trieb sich als Industrieritter umher. Seine Familie, besonders sein Sohn, der sich allmählich wieder emporarbeitete, glaubte eine Zeit lang, er sei mit dem gesunkenen Dampfer ›Bourgogne‹ umgekommen. Aber da tauchte er plötzlich in Kristiania auf.«

»Ich erinnere mich«, nickte der Chef. »Und zu jener Zeit wurde er von der deutschen und englischen Polizei steckbrieflich verfolgt. Er beging dann hier in Kristiania ein paar neue Streiche, und wir wollten ihn verhaften. Aber da war er bereits verschwunden.«

»Dann verbreitete er das Gerücht, daß er in Schweden gestorben sei«, fuhr Krag fort. »Und seine Familie, die den Geächteten gern los sein wollte, tat alles, um dieses Gerücht glaubhaft zu machen. Schließlich wähnte er sich so sicher, daß er nach Kristiania zurückkam. Hier fand er seinen alten Freund von seinen Verbrecherexpeditionen in Schweden, den Bolzen, mit Hilfe des Elfenbeinstockes und des Kennzeichens der beiden Kreuze. Sie sind die letzten Überlebenden der Kopenhagener Verbrecherbande ›die Faust‹, die vor sechs Jahren die Hauptstadt Dänemarks in Schrecken versetzte. Hier begann er nun seine alte Tätigkeit wieder aufzunehmen, bis er erkannt wurde.«

»Und zwar durch die Fabrikarbeiterin in der Christian Kroghsgate, die er dann aus diesem Grunde beiseite schaffte?«

»Ja. Aber das führte wieder dazu, daß die Hand der Gerechtigkeit ihn endlich erreichte. Alles in allem war er ein unglücklicher Mensch, der tiefer und tiefer hinabglitt, um schließlich als ein schwerer Verbrecher zu enden«, schloß Krag.

»Friede seiner Asche.«

»Und Friede seiner unglücklichen Tochter«, sagte Krag, indem er sich erhob. »Wir müssen das unschuldige Mädchen vor einer gerichtlichen Verhandlung zu schützen suchen. Der einzig Schuldige ist ja für immer erledigt. Gehen wir. Hier haben wir nichts mehr zu tun.«

Über tradition

Eigenes Buch veröffentlichen

tredition wurde 2006 in Hamburg gegründet und hat seither mehrere tausend Buchtitel veröffentlicht. Autoren veröffentlichen in wenigen leichten Schritten gedruckte Bücher, e-Books und audio-Books. tredition hat das Ziel, die beste und fairste Veröffentlichungsmöglichkeit für Autoren zu bieten.

tredition wurde mit der Erkenntnis gegründet, dass nur etwa jedes 200. bei Verlagen eingereichte Manuskript veröffentlicht wird. Dabei hat jedes Buch seinen Markt, also seine Leser. tredition sorgt dafür, dass für jedes Buch die Leserschaft auch erreicht wird.

Im einzigartigen Literatur-Netzwerk von tredition bieten zahlreiche Literatur-Partner (das sind Lektoren, Übersetzer, Hörbuchsprecher und Illustratoren) ihre Dienstleistung an, um Manuskripte zu verbessern oder die Vielfalt zu erhöhen. Autoren vereinbaren direkt mit den Literatur-Partnern die Konditionen ihrer Zusammenarbeit und partizipieren gemeinsam am Erfolg des Buches.

Das gesamte Verlagsprogramm von tredition ist bei allen stationären Buchhandlungen und Online-Buchhändlern wie z. B. Amazon erhältlich. e-Books stehen bei den führenden Online-Portalen (z. B. iBookstore von Apple oder Kindle von Amazon) zum Verkauf.

Einfach leicht ein Buch veröffentlichen: **www.tredition.de**

Eigene Buchreihe oder eigenen Verlag gründen

Seit 2009 bietet tredition sein Verlagskonzept auch als sogenanntes "White-Label" an. Das bedeutet, dass andere Unternehmen, Institutionen und Personen risikofrei und unkompliziert selbst zum Herausgeber von Büchern und Buchreihen unter eigener Marke werden können. tredition übernimmt dabei das komplette Herstellungs- und Distributionsrisiko.

Zahlreiche Zeitschriften-, Zeitungs- und Buchverlage, Universitäten, Forschungseinrichtungen u.v.m. nutzen diese Dienstleistung von tredition, um unter eigener Marke ohne Risiko Bücher zu verlegen.

Alle Informationen im Internet: **www.tredition.de/fuer-verlage**

tredition wurde mit mehreren Innovationspreisen ausgezeichnet, u. a. mit dem Webfuture Award und dem Innovationspreis der Buch Digitale.

tredition ist Mitglied im Börsenverein des Deutschen Buchhandels.

Dieses Werk elektronisch lesen

Dieses Werk ist Teil der Gutenberg-DE Edition DVD. Diese enthält das komplette Archiv des Projekt Gutenberg-DE. Die DVD ist im Internet erhältlich auf **http://gutenbergshop.abc.de**